Pedido de Bridget

Surpreendente Romance de
Mistério e Dominação Erótica

Erika Sanders

Pedido de Bridget:
Surpreendente Romance de Mistério e Dominação Erótica

Erika Sanders
Serie
Coleção Dominação Erótica

Sinopse

Bridget, uma bela modelo de alto nível, é obcecada por um magnata da indústria nascido na Itália chamado Leonardo, que também é seu amigo.

Este, e para sua surpresa, tem um contrato preparado para que ela possa se tornar parte de seu negócio de televisão.

Mas ela pede uma comissão para aceitar esse contrato.

Que ordem é essa? Por que Bridget está tão nervosa com as consequências dessa tarefa?

Pedido de Bridget é um romance com forte conteúdo erótico de BDSM e, por sua vez, um novo romance pertencente à coleção Erotic Domination, uma série de romances com alto conteúdo de BDSM romântico e erótico.

(Todos os personagens têm 18 anos ou mais)

Nota sobre a autora

Erika Sanders é uma escritora internacionalmente conhecida, traduzida em mais de vinte idiomas, que assina seus escritos mais eróticos, longe de sua prosa usual, com seu nome de solteira.

Índice:

Sinopse

Nota sobre a autora

Índice:

PEDIDO DE BRIDGET ERIKA SANDERS

1.

2.

3.

4.

5.

6.

7.

8.

9.

10.

11.

12.

13.

14.

15.

16.

FIM

PEDIDO DE BRIDGET
ERIKA SANDERS

1.

A sala estava silenciosa, iluminada apenas pelo abajur aceso que brilhava com o facho de um lado, ao lado de Bridget.

Seu corpo nu se ajoelhou na cama com seus longos cabelos castanhos caindo sobre os ombros e as costas, a cabeça inclinada para frente, longe da luz.

Então a música começou, uma batida lenta e suave a princípio, ficando cada vez mais alta, sua cabeça começou a subir ao ritmo da batida.

Então a música chegou a um crescendo e Bridget balançou a cabeça, jogando o véu de cabelo macio para trás do rosto.

Uma pausa silenciosa e a luz iluminaram suas feições.

Olhos delicadamente fechados, seus lábios pintados de rosa se separaram.

Seu rosto era uma visão de calma e tranquilidade.

A música começou de novo, uma harmonia de cordas enquanto as mãos enluvadas de renda deslizavam pelos ombros e pelos seios, os dedos abertos e relaxados, deslizando lentamente sobre cada monte macio de sua pele macia.

Seus dedos agarraram, segurando sua carne rosada e acariciando seus seios com um aperto suave.

Bridget arregalou os olhos, revelando suas esferas azuis safiras e refletindo o brilho da luz dentro delas.

Seus lábios se separaram e sua língua começou a lamber suavemente, como se ela estivesse testando-os.

Sua mente estava na música, criando um mantra para seus pensamentos profundos e imaginação selvagem, enquanto cada polegar e dedo segurava seus mamilos firmes.

Eu estava empolgado e empolgado com a música.

Ela começou a chorar, um suave gemido de satisfação quando o polegar e os dedos começaram a puxar a carne rígida de seus botões rosa escuro.

Um calafrio percorreu sua espinha que parecia viajar para um destino em sua virilha, enviando ondas de prazer através de todos os nervos e tendões de seu corpo.

Ele soltou uma mão de seus mamilos e deslizou-a para baixo, tocando suavemente seu umbigo até alcançar o monte de pelos pubianos perfeitamente aparados.

A outra mão subiu pela garganta fina.

Com um dedo estendido entrelaçado, ele tocou seus lábios e língua e chupou, fechando os olhos mais uma vez em êxtase com a música dançando em sua cabeça.

Seus sentidos se iluminaram quando o dedo enluvado percorreu as dobras úmidas de sua pele vaginal, explorando pétalas delicadas dos lábios e atingindo seu alvo.

Com outros dois dedos, ela separou os lábios rosados da vagina, abriu a vagina e começou a acariciar o inchaço minúsculo e sem capuz de seu clitóris, movendo-se suavemente, respirando loucamente e gritando como se estivesse se arrependendo, em harmonia com a música ao seu redor.

Bridget prendeu a respiração quando a música parou.

Os olhos dela se arregalaram e, naquele exato momento, as duas mãos apertaram sua virilha, sentindo o jato quente quando se soltou.

Ele alcançou o pico mais alto de seu orgasmo e seu corpo enrijeceu e tremeu por alguns segundos até relaxar, liberando o fôlego e recuperando o ritmo suave da música.

Ela olhou para os seios, firme e ligeiramente avermelhada pela tensão do clímax.

Seus mamilos se projetavam como pequenos caules, apontando para fora e sentindo a frescura do ar.

Pouco a pouco com a música, ele começou a respirar normalmente, sentindo a harmonia relaxante ao seu redor.

Lentamente, ele retirou as duas mãos da virilha e sentiu a umidade do néctar nos dedos de luvas brancas.

A música terminou e Bridget se recostou.

Descansando a cabeça no travesseiro de seda branca pérola.

Ela sorriu para si mesma e ergueu os joelhos e com os braços apoiados na cabeça em um mar de cabelos castanhos e macios, ela riu.

* * *

Depois do banho, Bridget se cobriu com uma toalha e voltou para o quarto.

A câmera de vídeo ainda estava montada no canto da sala acima da cômoda e com ela ele gravara sua performance solitária de antes.

Algo que ela queria fazer sem motivo aparente.

Um capricho, uma fantasia e nada mais, apenas para capturar-se tendo um orgasmo com sua peça clássica favorita da música Strauss.

Tornara-se algo que ele aperfeiçoara nos últimos meses.

Bridget estava derretendo na música, como se estivesse fazendo amor com ele.

Mente e corpo em união sexual e harmoniosa com a própria música.

Ela se sentou na frente da cômoda.

Ela se inclinou para frente e separou os cabelos molhados para olhar seu próprio rosto no espelho.

O que ela mais se orgulhava era sua beleza deslumbrante.

Ela estava profundamente apaixonada por si mesma, vaidade além do reconhecimento.

Mas uma coisa que ele lhe deu foi respeito.

Ela respeitava a si mesma e sua inteligência dizia que isso era bom e natural.

Pelo menos ela era alguém especial e seguro de si.

Sua vida como modelo valeu a pena e ela podia fazer quase tudo o que quisesse.

Bridget não precisava de maquiagem, ela tinha beleza natural.

Mas os cosméticos simplesmente a aprimoraram e a apresentaram de tal maneira que a fizeram se destacar, fazendo as pessoas virarem a cabeça, em seu rastro, admiradas e fazer com que outras pessoas a invejassem.

Mas então essa era sua vida agora e ela tinha tudo o que realmente queria.

Os sonhos de histórias de infância de sua infância se tornaram realidade.

Depois de aplicar o brilho labial, ela fez beicinho e sorriu.

"Deus, você é tão sexy", ele sussurrou para seu próprio reflexo.

Então ela se sentou e puxou a toalha para longe dela, revelando seus seios firmes, para olhá-los com admiração.

Eles estavam perfeitamente formados e iguais, o tom da carne equilibrado entre o mamilo e o halo.

Ela se levantou e se virou, o formato de seus quadris, a magreza de sua barriga, a linha suave de suas nádegas e coxas eram o que todos os modelos poderiam querer.

E ela não fez nada para alcançá-lo, mas para respeitar sua própria naturalidade.

* * *

Naquela noite, ela chegou ao restaurante com um caro vestido de grife azul que revelava suas formas.

Seu cabelo estava amarrado com uma fita de seda branca e ela foi recebida pela equipe da entrada que a levou ao seu anfitrião.

Seu perfume de jasmim flutuava em todas as narinas de todas as pessoas que ele encontrava enquanto o seguia pelos clientes sentados em suas mesas.

Leonardo levantou-se e estendeu a mão para receber a dela.

Ele a beijou suavemente e ela notou seu físico magnífico e bonito.

Ele era tudo o que ela esperava.

Cabelo escuro e olhos latinos românticos escuros.

Um sorriso que dizia tudo o que ela queria ouvir sem que as palavras fossem ditas.

"Estou tão feliz por você poder estar aqui hoje à noite. Você está maravilhosa", disse ele. O garçom retirou a cadeira para ela se sentar. "Eu pensei que você nunca chegaria aqui."

"Obrigado, desculpe, estou tão atrasado."

"Não há necessidade de pedir desculpas. Pelo menos agora você está aqui."

O garçom serviu o vinho para examinar e aprovar, permitindo que ele enchesse os copos.

Bridget estava mais interessada em seu anfitrião e olhou para as feições imaculadas dele quando o garçom anotou o pedido.

Leonardo não era apenas importante para ela pelo que ele poderia ajudar em sua carreira, mas também era alguém com quem ela sonhava, um homem com quem fantasiava muitas vezes.

Agora ele estava do outro lado da mesa pessoalmente.

Embora ela tivesse o dobro da idade dele, Bridget achou muito interessante e emocionante.

Ela sempre foi atraída por homens mais velhos, especialmente carismáticos, como ele.

Afinal, Leonardo também era famoso.

Ela sabia tudo sobre ele, aprendeu sobre sua vida através de relatórios e revistas, e estudou completamente seu trabalho.

"Estou muito surpreso", disse ele, "você rejeitou muitos contratos de filmes. Por quê?"

Bridget descansou o rosto na mão e sorriu, inclinando-se para ele.

"Simples. Eu não sou atriz e nunca aspirei ser ou ser."

"Entendo. Então você não é como os outros."

"As demais?"

"Sim, outros. Supermodelos. Eles têm ambições de se tornar famosos no cinema. Claro, nem todos eles têm o que é preciso."

"Eu também não."

"Mas como você sabe?"

"Atuar para mim é uma arte que exige certa habilidade para adquirir um certo personagem. Eu nunca fui bom nisso. Os modelos que você menciona nem sempre atuam como tais. Eles apenas ficam bem na câmera. E eu já faço isso também, mas apenas como modelo ".

Leonardo começou a rir. "Eles já me avisaram sobre isso."

"Sobre?"

"Sua inteligência inteligente e sua teimosia."

"Realmente. E o que mais eles dizem sobre mim?"

"Que você é linda e hipnótica e muito, muito charmosa".

A comida dele chegou.

Eles eram clientes importantes e especiais.

A elite do mundo da moda, como muitos outros que usaram esse restaurante.

E em silêncio eles comeram e beberam vinho com a música suave tocando ao fundo.

"Chopin", disse ela.

"Desculpe?"

"Música. É Chopin".

"Ahhh! Sim, eu a ouço. Você gosta de Chopin?"

"Eu amo toda a música clássica e moderna. Meu pai era maestro e compositor. Eu cresci com isso. A música faz parte da minha vida."

"Isso é algo que eu não sabia."

Bridget olhou para ele e sorriu: "Bem, agora eu faço."

Tendo terminado, Leonardo encontrou uma maneira de discutir o motivo da reunião.

Ele explicou a ela seus desejos de tê-la em um de seus projetos de publicidade. "Não agindo exatamente como você diz", ele fez uma anotação para explicar. "Você estará modelando, mas vendendo o produto como nos filmes. Um novo horizonte para explorar, talvez?"

O garçom se aproximou para reabastecer seus copos de vinho vazios.

Bridget cobriu a dela com uma mão, indicando que não queria mais.

"O vinho não é do seu agrado, senhora?"

"Foi maravilhoso, mas já tive o suficiente por hoje, obrigado."

Leonardo olhou para ela e depois para o garçom, e com um gesto de cabeça, o dispensou junto com a garrafa de vinho.

"Você prefere ir para outro lugar?" Perguntou Leonardo.

"Um clube noturno?"

"Você tem um que você gosta de ir?"

Bridget olhou para ele.

Ele tinha um certo lugar em mente que era muito ousado.

Um lugar que ele adorava visitar, mas não era muito conhecido.

E ela sabia que Leonardo nunca estaria lá, e ela queria vê-lo lá.

* * *

O carro particular deles os levaria pela cidade, pelas ruas movimentadas, iluminadas por sinais de néon.

Leonardo era um estranho aqui e longe de sua casa italiana em Florença.

"Esta discoteca é o seu lugar favorito?" Perguntou Leonardo.

Seus olhos olharam para ela com admiração enquanto ele se sentava ao lado dela no carro.

Ela sabia que ele a queria, e ele queria remover todas as camadas de suas roupas e sentir sua pele nua nas pontas dos dedos.

Ela havia se acostumado a homens como ele e suas intenções.

"Sim. Você poderia dizer isso."

"E o nosso negócio? E a minha proposta?"

"Você saberá quando eu tiver decidido", ela respondeu com um sorriso, olhando-o pelo canto dos olhos enquanto sentia seu olhar nela. "Depois que nos divertimos um pouco, é claro."

Leonardo ficou encantado.

Ela poderia fazer o que quisesse com ele.

E qualquer coisa significava tudo dentro do seu modo de pensar.

O carro parou em frente a uma boate de um lado de uma rua isolada.

Leonardo saiu e ofereceu sua mão.

Ele olhou para as portas fechadas que não indicavam onde estavam, apenas que faziam parte do estabelecimento para onde estavam indo.

"Ligaremos para você quando precisarmos", disse ele ao motorista.

Nesse momento, o carro deu partida novamente e seguiu em direção à rua principal, deixando-os sozinhos.

Era uma entrada lateral e Bridget caminhou em direção às portas, batendo três vezes, enquanto Leonardo estava atrás dela para assistir.

O olho mágico se abriu e ela disse à pessoa lá dentro quem ela era.

As portas se abriram e um anão apareceu na moldura.

Silenciosamente, ele se curvou e permitiu que ambos entrassem.

"Obrigado, Thomas", disse ela.

"Tenha uma boa tarde, senhora", respondeu Thomas com um sorriso que se espalhava pelo rosto de orelha a orelha.

2.

Leonardo estava curioso.

"Não somos bons o suficiente para entrar pela entrada principal?" Ela perguntou olhando para Thomas.

O anão trancou as portas e liderou o caminho por uma passagem pouco iluminada, mas suficientemente larga para que eles tivessem que andar em fila única.

"Eu tenho que dizer que isso é muito misterioso."

O som dos calcanhares de Bridget ecoou, abafando a música de dança vinda do clube.

"Eu gosto de mistérios." Bridget respondeu.

Leonardo a seguiu, observando o movimento de seus quadris enquanto ela seguia o anão por uma única porta acolchoada.

Ele os levou por uma escada em espiral, que os levou às entranhas das instalações.

No fundo, eles entraram em outra sala por portas que Thomas abriu, mas ele não entrou.

"Obrigado Thomas".

Mais uma vez ele se curvou, permitindo que eles entrassem com o mesmo sorriso inalterado em seu rosto.

Leonardo olhou em volta.

A visão que encontrou seu olhar o surpreendeu.

Havia várias mesas postas e cada uma tinha duas pessoas sentadas à luz de velas.

Havia homens com homens e mulheres com mulheres e os pares habituais de homens e mulheres.

Bridget levou Leonardo para uma mesa vazia e eles se sentaram.

"Então esta é uma discoteca privada?" Eu pergunto.

"Sim. Muito particular."

A música lenta do jazz tocava baixinho e todos pareciam assistir e sussurrar sobre o casal que acabara de chegar ao local.

Leonardo acenou educadamente para os cumprimentos, sorrindo para alguns deles e enquanto os casais faziam o mesmo.

"Isso é tão chato. Você vai se animar em breve?" Eu pergunto.

"Ah, sim. Será, muito em breve." Bridget respondeu, sorrindo para a convidada.

"Então seu pai era músico? Você diz que sim. Ele não está mais conosco?"

"Ele morreu quando eu tinha quinze anos." Bridget colocou os braços sobre a mesa e sua mente vagou momentaneamente, pensando em outro homem em sua vida que ela uma vez admirou. "Ele era um músico muito bom, apesar de não ser tão famoso quanto alguns outros."

"Entendo. Sinto muito por ouvir isso."

"Não está bem."

Leonardo virou-se rapidamente para colocar o olhar na garçonete que chegara à sua mesa.

Ela era alta, com cabelos loiros puxados para trás e apenas uma tanga preta em todo o guarda-roupa.

Seus olhos pousaram em seus seios cheios, as aréolas rosa escuro e seus mamilos cor da mesma cor que seu batom.

"Gostaria de alguma coisa, senhor, senhora?"

"Sim. Acho que seu melhor champanhe ficaria bem agora."

"Não senhor. Eu estava me referindo a mim mesma", respondeu a garçonete.

Leonardo olhou para Bridget, que estava sorrindo mais uma vez.

Ela estudou a expressão de surpresa no rosto dele e esperou que ele dissesse alguma coisa.

"O que é isso?"

"Ela quer saber o que você quer dela"

"Dela?"

"Sim. Seu corpo e seus afetos, talvez?"

"Mas, Bridget, eu não entendo"

"Vamos lá, Leonardo, acho que você entende o que ela quer dizer. Qual é o seu nome?" Bridget perguntou à garçonete.

Jacky, senhora.

"Bem, Jacky, acho que Leonardo gostaria que você tirasse sua calcinha antes de qualquer outra coisa."

Jacky deslizou lentamente a calcinha pelas coxas e se inclinou para frente para removê-la.

"Quieto!" Bridget ordenou. "Fique assim, vire-se e deixe Leonardo te olhar por trás."

"Não é o que eu esperava em uma boate." Leonardo começou a rir.

Jacky virou-se, as nádegas na frente dele enquanto seus olhos se fixavam no vinco parcialmente aberto de sua vagina, dando-lhe um vislumbre de seus lábios, dobrados como pétalas e cercados por um ninho fino de pelos pubianos escuros e loiros.

"Você está focado." Disse Bridget. E o mesmo acontece com todos os outros presentes na sala. Os olhos dela se fixaram nos de Leonardo, inexpressivos e silenciosos. "Gosta do que vê?"

"Não tenho certeza do que se trata."

"É sobre você e Jacky. O que você gostaria de fazer com ela?"

Leonardo riu, desta vez com um toque de nervosismo.

"Posso pensar em muitas coisas que gostaria de fazer com ela. O mais importante é o que ela está fazendo comigo agora."

"E o que seria aquilo?" Bridget perguntou.

"Bem ..." Mais uma vez ela esperou a resposta dele. "Isso é algum tipo de truque?"

"Por que seria? Jacky, levante-se e mostre a Leonardo qual é a sua especialidade."

Jacky girou-o gentilmente e se ajoelhou entre as coxas abertas, olhando-o no rosto.

Ela começou a afrouxar a jaqueta e depois abrir os botões da calça.

Leonardo permaneceu imóvel, alternando o olhar entre Bridget e depois o que Jacky estava fazendo.

Lenta e gentilmente, ela colocou a mão dentro dele e ele a sentiu tocar seu pênis.

Ele ainda era inerte, mas suas ações logo começaram a mudar isso.

Os presentes só podiam ver Jacky com a mão dentro da calça, pois apenas Leonardo podia sentir o que estava fazendo.

Sua masculinidade se tornou mais evidente a cada carinho que ela lhe dava.

"Você está gostando?" Bridget perguntou.

"Eu sou um homem. Claro que estou gostando."

Bridget viu como sua expressão mostrava sinais de luta contra seus sentimentos.

Ele estava ficando empolgado e ainda resistia onde estava e à situação em que estava.

"Jacky, como está seu pau?"

"Ela é muito dura, senhora, e começa a ficar com a cabeça molhada."

"Faça ele gozar."

"Sim senhora."

As carícias de Jacky cresceram mais rapidamente e Leonardo achou ainda mais difícil resistir.

Ele estava em um mundo preso entre prazer e ansiedade, e ganhou prazer quando jogou a cabeça para trás e começou a respirar rapidamente.

Bridget viu seus olhos se fecharem quando seu corpo começou a se inclinar sobre a cadeira e ela mordeu o lábio inferior com um gemido de satisfação.

Jacky parou e depois se levantou.

"Senhora chegou."

"Obrigado, isso será tudo por enquanto." Bridget a dispensou e ela se afastou lentamente, balançando e brincando com a calcinha na mão.

Leonardo ficou parado e abriu os olhos, virando-se para Bridget.

"Porque você fez isso?" Eu pergunto.

"Era o que você queria."

"Eu nunca esperava que isso acontecesse. Que lugar é esse?"

"É o meu sonho tornado realidade". Bridget respondeu.

"Seu? Você é dono deste clube?"

"A partir deste porão, sim."

"Então, tudo o que posso dizer é que você é uma garota estranha, Bridget e seu senso de diversão é intrigante. O que acontece agora?"

"Me siga."

Bridget liderou o caminho através das mesas e Leonardo seguiu, abotoando as calças e acenando com a cabeça e sorrindo para os convidados que ainda estavam com os olhos fixos nele, e ainda sem expressão.

"E quem são eles?" ele se perguntou.

Eles entraram em uma sala e Bridget fechou a porta atrás deles.

Havia uma mesa e uma cadeira na sala, iluminadas apenas por um castiçal.

Bridget se encostou na mesa e cruzou os braços, olhando para ele.

"Você me ama, não é, Leonardo?"

"Pelo contrato? Sim."

Ela riu

"Isso e mais alguma coisa?"

"Você quer dizer. E se eu quiser fazer amor com você? Que homem poderia resistir a essa oportunidade? Mas eu ainda não entendo isso. Por que você está jogando este jogo?"

"Que jogo?"

"Você me convida aqui e depois permite que isso aconteça. Por quê?"

Ela se aproximou dele e eles ficaram perto, intocados.

Leonardo foi atraído por sua atração insaciável, inclinando-se para beijá-la.

Ela abriu os lábios e ele chupou sua língua até que seu beijo se tornou apaixonado.

Sua mão encontrou a fenda em seu vestido, que percorria o comprimento de sua coxa macia, mas Bridget agarrou seu pulso antes de chegar ao quadril, separando rapidamente o beijo.

"Não, ainda não."

"Que queres dizer?"

"Preciso de um favor primeiro", disse ela.

"Que tipo de favor?"

"Você faria algo por mim? Algo que eu pedi para você fazer?"

"Sim. Para tocar em você e fazer amor com você, farei qualquer coisa."

"Então sente-se e me escute."

Ele se sentou e afastou os cabelos dela, observando-a cada movimento enquanto ela abria a mesa.

Bridget pegou um grande envelope verde e o colocou em cima.

"Isso é muito importante. E eu preciso da sua palavra de que você fará esse favor por mim."

Leonardo se acalmou e começou a se perguntar que ajuda ela iria querer.

"Eu quero que você entregue isso."

Ela entregou o envelope a ele.

Era volumoso, mas suave ao toque.

"O que é?"

"Isso não importa. Você faz isso por mim?"

Bridget montou em seu colo, permitindo que o vestido se abrisse ao longo da grande abertura para que ela pudesse ver sua calcinha azul pálida pressionada contra sua virilha.

Ele a observou enquanto ela deslizava suavemente para a frente, permitindo que o decote cedesse e permitindo que ele visse sua pele sedosa e a forma arredondada de seu peito.

"Me conte mais. Onde eu vou entregar isso?"

"Quando você retornar a Florença, deverá entregá-lo com o nome e o endereço da pessoa no rótulo".

Leonardo olhou e leu.

"Eu conheço essa pessoa."

"Sim, eu sei", ela respondeu, acariciando seu rosto com as costas dos dedos, gentilmente.

"É por isso que estou lhe pedindo esse favor."

Ela gentilmente aproximou o rosto dele e o beijou.

Leonardo queria mais desse beijo, mas ela colocou os dedos nos lábios dele.

"Não."

"Então eu aceito. Podemos fazer amor agora?"

"Ainda não. Devo ter certeza de que você faz isso por mim."

"Claro que vou fazer."

"Não. Agora não e não aqui."

Seus dedos delgados acariciaram seus lábios quando ela olhou para ele.

Sua expressão estava cheia de curiosidade.

"Quando?"

"Quando você vem da Itália e trabalha para você."

"Mas você não tinha certeza antes. Isso significa que você aceita o contrato?"

"Claro."

Ela sorriu e depois o beijou.

Ele a abraçou e ela percebeu que o envelope estava entre eles e se retirou rapidamente.

"Você deve cuidar disso. Mantenha-o seguro, não o abra ou abra por qualquer motivo."

"O que há nele?" Eu pergunto.

"Um presente." Bridget disse a ele.

Ela sorriu e olhou em seus deliciosos olhos castanhos.

* * *

Mais tarde, o carro voltou.

O motorista estacionou e esperou onde deixara os passageiros naquela noite e em poucos minutos as portas laterais se abriram.

Leonardo foi libertado por Thomas e virou-se para agradecê-lo.

"O prazer é meu, senhor."

Thomas curvou-se e depois fechou as portas.

Leonardo se levantou e pensou no que havia acontecido naquela noite e olhou para o envelope na mão.

Ele entrou no carro e ordenou que o motorista o devolvesse ao hotel.

3.

Bridget observou Thomas trancar as portas.

Ele se virou e passou por ela, desta vez não havia um sorriso largo; em vez disso, ele simplesmente ignorou a presença dela como se ela não estivesse lá.

"Muito bem ... muito bem."

Jacky apareceu do nada e bateu palmas lentamente.

Ele ficou atrás de Bridget nas sombras.

"Acho que correu muito bem, não foi?"

Bridget virou-se para olhá-la.

Ela estava vestida agora e não era mais a garçonete servil que tinha sido naquela mesma noite.

"Paguei os convidados. Eles estão prontos para ir."

"Não tenho certeza se é a coisa certa a fazer." Disse Bridget.

Jacky se aproximou, seu rosto agora visível e com um sorriso triunfante.

"Além disso, nunca traí ninguém antes."

"Oh? Tenho certeza que você está certa."

Jacky passou os braços para os lados de Bridget, colocando-a entre ela e a parede.

"Você queria isso e juntos podemos matar dois coelhos com uma cajadada. Tudo o que você precisa fazer é negar que veio aqui hoje à noite."

"E o motorista?"

"O motorista trabalha para mim. Veja, tudo está planejado. Tudo o que resta é ..." Jacky passou um dedo pelos cabelos de Bridget, continuando em sua bochecha e parando em seus lábios abertos e macios. "Tudo o que resta é o seu silêncio."

"Me desculpe, eu aceitei isso."

"Não é hora de lamentar. Agora não chegamos tão longe."

"O que Leonardo fez? Por que você o odeia tanto?"

Jacky deu um passo atrás e sua expressão mudou.

"Pelo que ele fez com minha irmã. Prometi me vingar e agora tenho essa oportunidade, graças a conhecê-lo."

"E tudo o que tenho a fazer é negar o que aconteceu?"

"Sim. E você entendeu também, não se esqueça. Dois pássaros, um tiro. A vingança pode ser tão doce, minha querida Bridget ... tão doce."

"Eu preciso de um táxi. Já tive o suficiente por uma noite." Bridget respondeu.

Jacky estalou os dedos e Thomas apareceu instantaneamente das sombras da passagem estreita.

"Você já ouviu a senhora, Thomas. Chame um táxi para buscá-la na entrada principal."

* * *

Bridget voltou para o apartamento, tomou banho e se preparou para relaxar em sua cama com a câmera de vídeo nas mãos.

Ele tocou a fita novamente no início de sua performance solo, que gravou na mesma tarde.

Ele ligou o centro de música com um controle remoto que continuava tocando a música de Strauss que ele tanto amava.

Ela daria uma olhada na fita, mas a música que ela tocava a lembrava do pai mais uma vez.

Também era o favorito dele.

As lembranças começaram a inundar sua mente desde o momento em que ele se sentou na varanda da sala de concertos e observou seu pai dirigir a mesma peça.

Ele fez isso com muita graça e muita confiança, sentindo cada parte da música e cada instrumento.

O telefone tocou ao lado dele.

Eles a acordaram do flashback e olharam para a hora.

Era tarde e ela não esperava que ninguém ligasse para ela, especialmente o número da sua casa.

"Olá?"

"Bridget? Sou eu, Leonardo", disse a voz.

Ela ficou surpresa ao ver que ele a contataria novamente tão cedo.

"Como você conseguiu meu numero?"

"Isso não é difícil para mim. Eu precisava falar com você. Não consigo dormir."

Ela ouviu com preocupação.

Isso não precisava estar acontecendo.

Ajoelhou-se na cama segurando a toalha em volta dele.

"Oi Bridget, você está aí?"

"Sim."

"Como eu disse, não consegui dormir. Esta noite foi tão estranha que não consigo parar de pensar nisso. Você explorou uma das minhas fraquezas e ninguém havia feito isso antes sem contar a elas. Preciso ver você."

"Não!"

"Escute ... não desligue. Por favor, deixe-me falar. Por que esse presente é tão importante para Angel? Por que você me deu?"

"Que queres dizer?"

"Quero dizer, por que você teve que jogar esse jogo? Não me interpretem mal, Bridget, eu gostei. Mas parecia que tudo estava arranjado para mim. E eu pensei que haveria mais."

"Não foi um jogo."

"Então eu não entendo. É claro, eu entregarei o presente para você, se desejar. E espero que você trabalhe para mim muito em breve. Irei imediatamente redigir o contrato e enviá-lo a você. Mas isso é tão ridículo, por que não podemos ficar juntos?" Por algumas horas? Posso pedir para você pegar meu carro imediatamente e percorrer meus fetiches e fantasias hoje à noite ".

"Sem Leonardo".

E ela ligou o telefone rapidamente, desligando-o.

Ajoelhou-se por um tempo imaginando o que fazer.

Isso não fazia parte do plano.

Seria apenas uma reunião.

A boate e seria isso.

Em poucos dias, o objetivo seria alcançado e Leonardo e Angel estariam mortos.

E ninguém jamais saberia quem o havia feito e, se fosse investigado, negar tudo permitiria que se safassem.

Ele se inclinou para trás e mordeu o polegar nervosamente, sua mente correndo com pensamentos de arrependimento e culpa.

Ela confiava explicitamente em Jacky.

* * *

Leonardo estava sentado em seu quarto de hotel com o telefone na mão.

O som fraco da linha desconectada ainda ronronava enquanto ele pensava e depois desligou o telefone, desejando que Bridget tivesse realmente aceitado sua oferta de emprego.

Ele a queria tanto e fazia muito tempo desde que ele desejava uma mulher tanto quanto ela.

Mas ele também estava preparado para explicar seu comportamento estranho, percebendo que ela poderia simplesmente estar brincando com ele, brincando com suas emoções sexuais mais profundas e sombrias.

Ele ligou para o operador pedindo uma linha direta para Miguel Ángel Andreotti.

Seria tarde em casa, mas ele sentiu que a ligação era importante agora.

Em alguns segundos, Angel respondeu diretamente.

"Eu sou Leonardo, Leonardo Biscas. Lamento incomodá-lo a essa hora, meu amigo, mas algo está me incomodando ..."

* * *

Bridget naturalmente posou para a câmera.

Ela não precisou de muita sugestão do fotógrafo, pois estava naturalmente se comportando da maneira que ele esperava.

As roupas de seda que ela usava foram desenhadas da maneira que a brisa do ventilador deveria lhe dar, e sua forma complementava-a, encaixando-se totalmente em todas as partes certas de seu corpo, o material de seda pressionando contra seus seios. mamilos claramente definidos e destacados através dele.

"Você está ótima, querida. Tudo bem por hoje", disse o fotógrafo.

Ela relaxou e saiu do estúdio, indo até a maquiadora pessoal que estava esperando para acompanhá-la ao vestiário.

"Ao mesmo tempo amanhã, Bridget, por favor."

"Não há problema." Ela respondeu, beijando-o levemente na bochecha.

Quando ele entrou no provador, Leonardo estava sentado na cômoda.

Bridget ficou surpresa ao encontrá-lo lá. "O que você está fazendo aqui?"

"Eu pensei em fazer uma visita a você."

"Mas você deveria estar voltando para Florença."

"Cancelei meu voo até uma data posterior."

"Não pode!"

"Mas eu fiz. Eu precisava vê-lo novamente."

Bridget virou-se para sua maquiadora, uma garota tímida de óculos que parecia tão surpresa quanto Bridget ao descobrir que Leonardo havia se convidado a entrar no provador.

"Porque não me disseste?" Bridget perguntou a ele.

"Desculpe, eu não sabia que ele estava aqui."

"Ok, deixe-nos em paz."

A garota saiu às pressas, fechando a porta atrás dela.

Bridget começou a remover a roupa que usava com as costas viradas para ele.

Ele observou atentamente enquanto ela ficava completamente, exceto pelo short branco na frente dele.

"Por favor, vire-se, pelo menos deixe-me vê-lo", ele perguntou.

Bridget segurou seus seios e virou-se para ele, sorrindo.

Apesar de seu comportamento peculiar na noite anterior e ainda assim, ela era um mistério tentador para ele.

Ela era diante de seus olhos uma mulher muito bonita, totalmente irresistível.

E Bridget tinha os mesmos pensamentos em relação a ele.

De todos os homens que ela já conhecera em sua vida, Leonardo era o mais impressionante.

Este homem não só tinha poder e riqueza, mas também imensa atração física.

"Por que você não me procurou quando te liguei ontem à noite?" Eu pergunto.

Ele se levantou e caminhou em sua direção.

"Eu pensei que nosso joguinho tinha acabado de começar".

"Eu estava cansado. Tinha sido um longo dia."

Ele pegou a mão esquerda dela e gentilmente a afastou.

Seus olhos encontraram o peito dele e um mamilo que mostrava que ela estava sentindo sua ereção.

"E ontem à noite foi apenas uma coisinha que eu consertei. Eu sabia que você iria gostar. Além do seu favor, é claro."

"Ahhh !, sim, o presente para Michelangelo."

Ele levou a mão dela aos lábios e beijou os dedos dela.

Ela o observou, saboreando cada lambida suave de sua língua enquanto seus olhos se fixavam nos dela.

"Miguel Ángel era um amigo muito bom de meu pai", ele começou a explicar. "É apenas algo que eu queria que ele tivesse."

"Claro."

Os beijos dele desceram pelas costas da mão dela, com os olhos fixos, observando os olhos dela se encherem com o desejo que ele estava instilando.

"A maioria das pessoas coloca presentes em caixinhas embrulhadas em papel bonito."

"Não tive tempo. Estava muito ocupado."

"Bem, agora eu tenho mais tempo aqui para passar com você, talvez você possa fazer o presente parecer mais apresentável."

Bridget ficou abalada com a sugestão impensável e rapidamente retirou a mão dela.

"Não."

"Porque não?" Eu pergunto.

Ela olhou para ele, sua mente procurando por uma resposta que ela não tinha.

"Existe algo por trás do problema?"

"Nerd".

"Eu acho que há algo por trás disso. Você está escondendo alguma coisa."

"O que eu estava escondendo?"

Ela começou a procurar roupas no quarto e encontrou o sutiã.

Ela começou a vestir.

"Espere, deixe-me apertar o cinto para você."

Bridget levantou os cabelos quando ele começou a prender os grampos.

Ele passou os dedos sobre o ombro dela gentilmente e seu toque a fez tremer, seus olhos fechados querendo mais.

Era uma das partes erógenas mais sensíveis do corpo.

Ele a virou e seus lábios se encontraram.

Um beijo que ele procurara, mas era impossível para ela negá-lo, pois ela se tornava mais apaixonada a cada segundo que passava.

"Eu quero que você me foda", ela sussurrou.

Leonardo a levantou, suas mãos segurando suas nádegas enquanto ela o abraçava, continuando o beijo.

Ele a levou para a cômoda, sentou-a e espalhou o conteúdo dela para o lado.

Bridget abriu bem as coxas quando a mão dele tocou sua virilha, sentindo sua umidade quente.

Havia uma tesoura na mão e ele a pegou, cortando a cintura de suas calças nos dois quadris, permitindo que o material caísse, expondo seu sexo.

Então ela cortou o sutiã entre os seios.

Reunindo-os em suas mãos, ela os apertou suavemente para permitir que ele os beijasse e chupasse enquanto tentava remover a jaqueta.

Leonardo a ajudou, jogando-a no chão.

Vê-la agora aberta para ele o fez parar para saboreá-la.

Leonardo ficou de joelhos e colocou os dedos nos lábios vaginais.

Ela o sentiu se separar dela, para admirar suas pétalas brilhantes e abrir seu novo domínio privado rosa.

Antes dele havia tudo o que ele imaginara em seus sonhos.

Então ela sentiu a língua dele a provar, quente e penetrante.

Ele lambeu seu pequeno clitóris, puxando-a de seu capuz protetor e enviando ondas de êxtase através dela.

Sua fantasia estava se tornando realidade, pois ela queria senti-lo fazendo isso por um longo tempo.

O toque de sua língua era exatamente como ela imaginara.

E quando ele mergulhou o dedo profundamente nela, ele a fez tremer e suspirar de prazer.

Ele se levantou e, com os braços apoiados em cada lado dela, eles se beijaram apaixonadamente.

Agora Bridget queria saborear seu sexo nos lábios, pois isso tornaria tudo mais emocionante.

Eles nunca haviam lhe dado sexo oral antes disso.

Leonardo havia sido o primeiro e queria recompensá-lo.

Sem hesitar, ele desabotoou as calças dela e encontrou seu pênis duro cair força entre os dedos, sentindo a forma e o grande contorno, muito espesso e veemente, com o qual ela era dotada.

Mais uma vez, seus sonhos estavam sendo realizados.

Muitas vezes ela sonhava em pegar o pau dele na boca.

Na outra noite na boate, ela queria estar no lugar de Jacky, fazendo o que estava fazendo com ele.

"Você está pronto para fazer isso?" ele sussurrou para ela.

Embora ela estivesse pronta, havia algo mais que eu precisava esclarecer.

"Seja legal", ela ofegou suavemente. "Será a minha primeira vez."

Ele parou por um momento e pensou no que ela acabara de confessar.

Era algo que eu nunca esperava.

Ela era uma das mulheres mais bonitas do mundo e ainda era virgem.

Ele a respeitava por isso e, em vez de empurrar fundo e com força, permitiu que ela o guiasse entre seus lábios e lentamente a pressionou.

Bridget soltou um suspiro quando o sentiu entrar.

A princípio, não foi diferente dos dedos com os quais ele se acostumara.

Então ele gentilmente começou a empurrar mais fundo.

Ela agarrou os ombros dele, cravando as unhas na pele dele.

"Você tem certeza de que está pronto?" ele perguntou de novo.

"Sim."

"Diga-me se dói. Eu não quero te machucar."

"Eu estou bem. Não se desculpe."

"Não precisa se arrepender, Bridget. Eu nunca imaginei que você seria virgem. Esse fato só torna esse tempo ainda mais valioso para mim."

Ela sorriu, os olhos fechados suavemente e soltou a pele dele.

"Obrigado."

Leonardo deu-lhe um empurrão gentil, enviando sua masculinidade o mais fundo que podia.

Mais uma vez, seus dedos o agarraram em resposta.

Mas não foi por causa da dor, mas por causa da sensação de plenitude e da intimidade que a acompanhava.

"Eu prometo que não entrarei em você", ela sussurrou suavemente.

Mas esse era um desejo que ela ansiava, mas sabia que o fato de ele ter sido libertado não era muito sensato.

Não só ela era virgem, mas também estava na era da maturidade e fertilidade, e esse momento era apenas para prazer e não para procriação.

Ele começou a empurrar e retrair, lentamente a princípio, avaliando sua resposta.

Bridget podia sentir seu orgasmo crescer, começou a cavalgá-lo e saborear a jornada até seu clímax.

Leonardo lhe deu esse privilégio quando seus gritos ficaram mais altos e ele sabia que havia atingido o pico quando suas unhas cravaram na pele dela e seu corpo tremeu.

Para Bridget, não era como nenhuma outra liberação orgástica que ela já sentira antes.

Desta vez, não foi auto-induzido, desta vez seu mantra não era música e, desta vez, as fantasias eram reais.

E agora, em vez de cessar, Leonardo começou a diminuir o ritmo, permitindo que os sentimentos nela permanecessem.

"Aproveite, meu precioso", disse ele. "Deixe-me levá-lo onde você nunca esteve antes."

Agora ela sabia qual era a diferença.

Leonardo deu a ela um orgasmo que durou muito mais do que as expectativas imaginadas.

Então ele alcançou seus próprios limites sob a força de tal paixão.

Ele se retirou e ela sentiu a onda quente de seu sêmen atingir seu umbigo enquanto ele gemia sua própria liberação orgásmica em harmonia com a dela.

Juntos, eles começaram a relaxar e os beijos não eram mais fervorosos, mas gentis e amorosos.

Bridget o sentiu se acalmar através dela.

Algo que ela estava guardando para alguém especial já havia sido feito, e ainda assim Leonardo ainda era um estranho para ela.

E então ele sussurrou algo para ela, o que a fez pensar.

"Eu te amo."

* * *

Houve uma batida na porta.

"Senhorita, posso entrar agora?" perguntou a voz.

Era o maquiador dela.

Leonardo se afastou dela para que ele pudesse ficar decente.

"Eu estarei livre em um momento." Bridget respondeu.

"O fotógrafo quer fechar o estúdio."

"Diga a ele para esperar um pouco, não vai demorar."

Leonardo sorriu e a abraçou, selando seus últimos momentos com outro beijo longo e significativo.

4.

O quarto estava escuro.

Iluminado apenas por uma luz de parede rosa e embaixo dela uma cama, na qual Jacky estava nu, chorando de prazer.

Os pulsos dela estavam algemados na parede, os seios se agitando e tremendo enquanto ela resistia.

"Oh sim, sim!"

Sua voz repetiu quando ela balançou a cabeça de um lado para o outro em uma demonstração selvagem de gratificação.

E ao lado dela estava o escravo sexual, um homem musculoso, jovem e moreno, com olhos azuis de safira, os dedos dentro do sexo dela, acariciando-a em direção a um clímax orgásmico.

Thomas, o servo anão, entrou na sala com um telefone celular e a escrava sexual retirou seus toques carinhosos.

Jacky, uma ligação importante.

Jacky parou; sua respiração estava pesada com um olhar de angústia no rosto.

Ela odiava ser provocada em momentos de extremo êxtase.

"Quantas vezes eu disse para você nunca me incomodar quando estou ocupado?"

"Mas esta é a senhorita Bridget." Thomas respondeu.

O escravo soltou a mão direita da pulseira com a qual estava amarrada, para que ela pudesse atender a ligação.

"O que você quer, Bridget? É melhor ser urgente."

"É muito urgente." Bridget respondeu. "Leonardo não voltou a Florença como esperávamos."

"O que? Como assim, ele não voltou como o esperado? Este não é um bom momento para piadas tolas."

"Eu não estou brincando. Ele não vai sair."

Jacky sentou-se e dispensou seu escravo e criado.

"Tudo bem. Então é melhor você se explicar. E é melhor que seja uma boa explicação."

"Eu acho que ele suspeita de algo. Eu sabia que era uma má idéia."

Bridget estava sentada em sua sala assistindo ao vídeo que ele gravou com o som desligado.

"Eu estava com ele esta tarde e pedi que ele devolvesse a carta para mim."

"Você disse a ele que era uma bomba?"

"Não, eu não sou tão estúpido."

"Você quer dizer que fizemos tudo isso por nada?"

"Sim. Eu te disse, foi uma péssima idéia. Nós nunca deveríamos ter ido tão longe."

"Então o que fazemos agora?" Jacky perguntou.

"Deixe-me pensar sobre isso."

Bridget rapidamente desconectou o telefone e colocou-o ao lado dela, quando Leonardo entrou na sala e pegou a mão dela.

Juntos, eles assistiram ao vídeo e ao final que foi exibido antes deles.

Os olhos de Bridget se arregalaram, um sorriso agradável em seu rosto quando ela se viu na tela, culminando com a música.

Isso a encheu de sentimentos de desejo sexual, para reviver o momento mais uma vez.

Leonardo tocou seu rosto, observando sua expressão quando ela fechou os olhos e mordeu o lábio suavemente.

"Você gosta de se agradar com o que eu vejo", ele sussurrou para ela.

Ela assentiu em resposta.

"E você gosta de se cuidar?"

A mão dele se abaixou e tocou o peito coberto dela, a dureza do mamilo na ponta dos dedos.

"A música te dá prazer?"

Os olhos dela se arregalaram um pouco e ela olhou para ele.

"Esta é a minha coisa. Eu sempre fiquei satisfeito com esta peça em particular desde que me lembro."

Leonardo sorriu e estendeu a mão para beijá-la.

Bridget ligou o music player.

Ela se deitou e observou da cama a forma nua dele, se virar e caminhar lentamente em sua direção.

Tudo iluminado pela luz fraca das velas atmosféricas.

A música começou a tocar e a sala se encheu de som.

Outro de seus clássicos favoritos, desta vez de Stravinski

Ela montou em seus quadris e se inclinou para frente, beijando sua testa e nariz.

Os olhos dela se fecharam, sentindo os afetos dele enquanto seus seios roçavam suavemente o peito dele.

Quando as línguas entrelaçaram, ela sentiu as mãos dele tocarem suas nádegas, um dedo que se desviava e explorava seu sexo e dureza pressionando-a.

Sentou-se e, pela primeira vez, pôde ver sua masculinidade, orgulhosa, sua pele mais escura que a do umbigo e o casulo exposto.

Seus dedos acariciaram, sentindo as veias salientes como correntes invertidas.

Foi a primeira vez que ela tocou em um homem assim.

Ela levantou as mãos, apertando os seios com amor.

A sensação de seus dedos em seus mamilos enviou uma onda de prazer através de seu corpo.

Ele sentiu a necessidade de fazer algo que só existia dentro de suas fantasias até agora.

Ela olhou para ele, sorriu e deslizou pelas pernas dele até que ele estivesse em posição de levar sua masculinidade à boca dela.

O primeiro contato com o pênis de um homem não foi o que ela esperava, mas sua língua explorou todas as partes da glande dele, e então a amargura no sabor do líquido pré-mortal se transformou em outra sensação deliciosa.

Leonardo passou as mãos pelos cabelos, gemendo de apreço pelo que estava fazendo.

Ela aumentou suas ações, levando-o mais fundo em sua boca, chupando e lambendo, saboreando sua pele macia contra a língua dele.

A mão dele pressionou com mais firmeza a cabeça dela e seus quadris começaram a dobrar no ritmo que ela gostava.

Seus gemidos ficaram mais altos quando ela murmurou algo baixinho e, de repente, sem aviso, ela sentiu sua carga quente fluir em sua garganta.

Ela não teve escolha a não ser engolir.

Mas com o segundo dilúvio de esperma, ela foi capaz de segurá-lo, permitindo-lhe cobrir sua masculinidade em uma mistura misturada com sua própria saliva.

Ela o soltou, usando a mão esbelta para ejetar outra carga que fluía como xarope branco sobre os dedos.

Por alguma razão, a música não parecia mais importante.

Leonardo havia substituído aquela certa mágica.

O encanto de fazer amor com a própria música tornou-se o segundo na realidade das coisas.

Era um homem de verdade, um verdadeiro amante e juntos eles criaram seu próprio tipo de música.

Ao contrário dos homens mais jovens com quem ele já brincara em jogos anteriores em um passado não muito distante, Leonardo ficou com o membro duro.

E, ao contrário do passado, ela estava pronta para assumir a intensidade do sexo.

Ela queria assumir o controle.

Lentamente, Bridget deslizou sua masculinidade em sua direção.

Eu estava molhada e esse passo parecia mais fácil agora, enquanto ele pressionava.

Ele segurou seus quadris, permitindo-lhe montá-lo suavemente, usando os dedos para tocar seu clitóris, produzindo uma combinação de masturbação e a sensação de estar dentro dele.

Uma onda de sensações de formigamento inundou seus sentidos quando ela alcançou o auge de seu orgasmo.

O ponto culminante foi tremendo e ela descobriu uma nova sensação.

Leonardo sorriu para ele.

Ele era o homem mais atraente que ela já vira e agora ele parecia ainda mais delicioso, tendo realizado um dos seus sonhos mais loucos.

Ela se inclinou para ele mais uma vez e se esticou em seus braços, sentindo seu calor e a carícia de seus dedos enquanto brincavam em seus cabelos.

A proximidade de um homem nunca parecia o sentimento que ele tinha agora.

O único homem que havia demonstrado sua afeição antes era seu pai até agora.

Apesar de sua beleza hipnótica, ela havia se privado de prazeres sexuais com os outros.

Suas relações com os homens no passado permaneceram distantes, para impedir que suas tentações se apoderassem.

Nada além de um beijo profundo às vezes, sem sentimentos, que lhes dava a impressão de que ela estava com frio.

Não que ela odiasse homens ou sexo.

Foi mais profundo que isso.

Bridget lamentou à sua maneira a morte repentina do homem que amava tanto, como se acreditasse que não poderia pertencer a mais ninguém.

Então a auto-estima e a vaidade a invadiram ao longo dos anos.

De certa forma, isso lhe deu autoconfiança para se tornar quem ela era e tornar o amor por si mesma e pela música mais importante do que buscar o amor em outro lugar.

O encontro casual com Leonardo foi uma oportunidade para ela conhecer um homem que admirava por muitos anos e também um meio de vingar seu pai com o amigo de Leonardo, Miguel Ángel Andreotti, por quem ela acreditava ser responsável. suicídio de seu pai.

E era Jacky quem planejaria o plano que satisfaria os dois.

Mas Bridget não tinha certeza de que queria que Leonardo sofresse com tudo isso.

Ela nunca o conhecera até agora e antes disso, matar um estranho parecia algo que ela podia aceitar em parte.

Agora estava diferente.

Andreotti era o único que ela queria morto para satisfazer sua dor, e não Leonardo.

"Eu tenho o envelope no meu hotel se você quiser que eu volte para Florença", disse ele.

Ela se inclinou ao lado dele e passou os dedos sobre o peito dele, profundamente pensativa.

"E eu posso pegá-lo e voltar para você."

"Sim! Eu quero você de volta."

Sua resposta ambiciosa o surpreendeu.

"Diga-me, o que há no envelope? Eu preciso saber. Não guarde mais um mistério."

"Como eu disse, é um presente meu para Miguel Ángel. Nada de especial."

"Isso é interessante, porque eu conversei com ele e contei sobre você. Levou algum tempo para ele perceber quem você era."

"E?"

"Ele se lembra de você. A filha de seu colega, Christopher Baldwin, um brilhante maestro de orquestra. Parece que ele respeitava seu pai."

"É assim mesmo?"

"E parece que você não concorda com isso."

Bridget puxou a colcha da cama e correu para o banheiro.

Isso pareceu suficiente para convencer Leonardo de que havia algo não apenas misterioso no envelope, mas em toda a questão da qual ele havia se envolvido.

Havia segredos e mentiras em torno da coisa toda, e embora ele a respeitasse e viajasse de volta à Inglaterra, especialmente para conhecê-la, ele agora estava envolvido em algo que poderia ameaçar sua vida.

Ele a seguiu até o banheiro.

Ela se sentou no banheiro, pensativa, como se ele não estivesse lá.

"Diga-me o que está no envelope e eu prometo que vou mantê-lo conosco. Não sairá daqui."

Bridget olhou para ele e percebeu o quanto tudo estava indo mal nesse plano.

"Você não deve abri-lo sob nenhuma circunstância."

"Por quê? Você tem que me dizer."

Ajoelhou-se diante dela e pegou a mão dela.

"O que há dentro do envelope?"

"É uma bomba".

"Uma bomba? Que tipo de bomba?"

"Uma bomba de cartas. Vai explodir assim que Angel abrir."

Leonardo levantou-se e olhou para ela, incrédulo.

A audácia da sugestão de que ela planejara matar a amiga era devastadora, e ele seria o portador, o meio de cumpri-la, seu inimigo.

"Você planejou matar Angel? Mas por quê?"

"Pelo que ele fez com meu pai."

"Mas o que ele fez foi tão terrível? Eu não entendi."

"Isso o forçou a se matar."

"Quão?"

Bridget explicou o momento em que ela estava com o pai em Paris e Michelangelo e ele discutiu no quarto do hotel.

"Meu pai escreveu uma composição que ele lhe ensinou. Ángel disse que a música era semelhante ao que ele havia escrito meses antes e acusou meu pai de plagiá-la. Eles discutiram por um longo tempo, quase brigando, e então Ángel disse: se ele ousasse Representá-la no show exigiria. "

"E a composição pertencia a Angel?" Perguntou Leonardo.

"Sim. Meu pai modificou, mas ele fez muitas modificações e melhorias. Tantas que ele realmente fez seu próprio trabalho. Havia muito pouco da partitura original que Ángel havia escrito".

"E então?"

"Dois dias depois, meu pai conduziu um concerto que Michelangelo não pôde assistir. Ele acrescentou a peça adicional e naquela noite foi tocada pela primeira vez. Meu pai disse à platéia que era sua última composição, mas Miguel Ángel ele descobriu. Ele se tornou um inimigo e meses depois meu pai perdeu tudo o que tinha. O tribunal concordou com Ángel que a composição era originalmente dele. Meu pai estava arruinado. "

As lembranças azedaram novamente, e Bridget começou a soluçar quando Leonardo a abraçou com força.

"Eu não sabia nada sobre isso. Angel é um homem muito reservado, ele nunca mencionou isso para mim."

Ao segurá-lo, ele percebeu que, se entregasse a bomba-carta, ele também seria uma vítima.

Não havia dúvida de que ele estaria com Angel quando a abrisse.

"Desculpe Leonardo."

"Você sabe que essa bomba teria me machucado ou me matado também, certo?"

Bridget levantou a cabeça do ombro dele.

Ele enxugou as lágrimas dos olhos dela quando ela olhou para ele.

"Sim. Eu tinha medo de algo assim, mas essa parte do plano não era o que estava envolvido."

"Então você não está sozinho nisso?"

"Não. Eu nunca poderia criar um plano como esse sozinho."

"Então quem mais está envolvido?"

Ela pegou a mão dele e caminhou com ele de volta para o quarto.

Juntos, eles se sentaram e ela explicou sobre a boate.

"Não é o meu clube. Essa foi uma maneira de levá-lo lá para que eu pudesse lhe dar o envelope. E essa era a idéia de alguém que queria humilhá-lo ao mesmo tempo".

Leonardo estava cada vez mais confuso.

Ele sabia que Bridget não era o tipo de pessoa que poderia ir tão longe.

Ele a deixou continuar;

"Há três meses, conheci Jacky, a garçonete da boate. Ela descobriu sobre meu pai e Michelangelo e sabia que estava rancorosa com o que havia acontecido. Ela também descobriu que estava tentando marcar uma reunião comigo para conversar sobre um contrato e também o quanto eu estava interessada em você. Bem, mais do que interessada, ela sabia que sentia algo por você "

Ele sorriu e acariciou seu rosto gentilmente.

"Isso é obviamente que você me amou?"

"Sim. À distância, a primeira vez que te vi, sempre quis conhecê-lo. Eu me apaixonei por você, suponho, se isso for possível."

"Nesse caso, eu deveria me apaixonar por todas as mulheres bonitas que vejo."

"Não, Leonardo, estou falando sério. Eu estava apaixonada por você. No que me dizia respeito, você era o homem mais bonito que eu já tinha visto. E quando descobri que você queria me conhecer, me senti muito impressionada."

"E Jacky? Onde ela se encaixa em tudo isso?"

"Jacky veio me ver. Ele se aproximou de mim como agente e me ofereceu uma parceria em um projeto que estava planejando nos Estados Unidos. A promessa sure ser apresentador de televisão era irresistível e percebi que isso poderia ser algo que eu poderia precisar. no futuro. Mas então, com o passar das semanas, comecei a perceber que ela não tinha projeto e que seu interesse em mim era para seu próprio propósito. Ela queria me usar para entrar em contato com você. "

"Eu? Eu deveria conhecê-la?"

"Não. Mas há alguém que você conhece que reúne os dois."

"Who?"

"Sua irmã. Você e ela moraram juntos. Ela se afogou em um acidente."

Leonardo levantou-se rapidamente e de repente se lembrou daquela noite trágica em Veneza, há mais de dez anos.

Jane, isso não pode estar acontecendo.

"Ela nem sabia o nome da irmã. Mas aconteça o que acontecer, Leonardo, ela sente que você é responsável por ela se afogar. Ela quer fazer você pagar por isso."

"Eu não entendo. Não foi minha culpa."

- Não sei todas as razões pelas quais ela queria que você morresse. Mas o que sei é que você e Michelangelo se tornaram amigos íntimos e Jacky me convenceu de que eu também poderia me vingar de alguém que cresci odiando tanto. Mas então Quando percebi o quanto você estava envolvido no plano dele, queria que isso terminasse. "

"Então por que você fez isso? Por que você não terminou?"

"Porque Jacky é uma pessoa muito poderosa e perigosa, Leonardo. Ele me ameaçou. Vi as coisas que ele poderia fazer comigo se eu discordasse dela."

Agora as coisas estavam começando a ficar mais claras para ele.

Jane era alguém por quem ele se apaixonara, mas agora ela estava em seu passado.

Aquela noite sempre estaria em sua memória, quando Jane caiu na água do iate no porto.

Ela ficou bêbada e eles estavam discutindo.

Ela lhe disse que ele iria da festa para o quarto de hotel e que não deveria segui-lo.

No dia seguinte, seu corpo foi encontrado.

Leonardo sentou-se ao lado dele na cama novamente e Bridget colocou o braço em volta dos ombros dele, desta vez para confortá-lo em suas lembranças tristes.

"Você estava apaixonado por essa garota?"

"Sim. Ela era tudo para mim. Fiquei muito magoada quando o acidente aconteceu, mas não foi minha culpa. É claro, eu sabia que a família dela tinha suas próprias idéias. Durante meses eles me ameaçaram, mas depois tudo parou. Comecei a me reconstruir. minha vida e minha carreira depois disso. E agora isso. "

Confie em mim, Leonardo, sinto muito.

"Espere. Se eu tivesse retornado a Florença quando deveria, então ..."

5.

Uma névoa espessa se instalara no estuário no frio da manhã de outono.

O reboque fez o seu caminho para o centro do rio, e então os motores pararam.

O som de pequenas ondas atingindo o casco só pôde ser ouvido quando Leonardo se moveu para a popa e olhou para o lado.

Nas mãos enluvadas estava o envelope.

Ela olhou para ele uma última vez e depois o jogou na água fria, observando-o flutuar primeiro e depois desaparecer de vista quando afundou no rio escuro.

Bridget ficou atrás dele e ele virou a cabeça na direção dela.

"Isso mesmo. Dessa forma, ele não pode fazer mal agora", disse ele.

Ela o abraçou, apertando seu braço com força e soltando um suspiro de alívio.

Ele bateu na mão dela e a beijou gentilmente na cabeça.

Era o único jeito de pensar em se livrar da bomba-carta.

Leonardo virou-se para o piloto para retornar ao porto.

A névoa começou a subir um pouco quando o ar da manhã aqueceu a sala e o brilho alaranjado do nascer do sol emergiu.

Os dois se sentaram na palheta enrolada.

Bridget amarrou o braço, aconchegando-se não apenas ao calor, mas também ao carinho, enquanto o barco, em câmera lenta, continuava a caminho.

Ele olhou para ela e levantou o queixo para encontrar seus olhos.

"Eu amo seus olhos. Você tem maravilhosos olhos azuis que falam por si", disse ele.

Ela sorriu para ele quando ele olhou para eles.

"Eu estou me afogando neles."

Ela riu, quase com uma risada, achando o comentário bastante divertido.

"Aposto que você diz isso para todas as garotas que conhece."

"Não, nem todos eles. Somente aqueles cujos olhos são tão bonitos quanto os seus."

"Oh. E quantos olhos lindos como os meus você conheceu até agora?" ela perguntou.

"Incontáveis. Mas, na verdade, as suas são as mais bonitas até agora."

"E você diz que eles falam por si? E o que eles estão dizendo para você?"

"Eles estão me dizendo que eu sou o homem mais sortudo do momento."

Seu sorriso se acalmou um pouco.

Ela havia detectado o significado do que ele queria dizer e tinha razão em dizê-lo, porque teve sorte de estar onde estava agora, em vez de voltar a Florença quando o planejara originalmente.

"Eu sei que no fundo você nunca vai me perdoar por brincar com você. Por mentir. Eu não fiz nada para impedir que você voltasse para Florença ..."

Ele pressionou dois dedos contra os lábios dela para impedi-la de continuar.

"Silêncio. Você fez alguma coisa. Você me forçou a ficar só por causa de quem você é. Eu não poderia sair sem vê-lo novamente."

Ainda assim, ela duvidava que ele estivesse certo e se sentisse tão culpado por dentro.

Para aplacar o momento, ela sorriu novamente e estendeu a mão para encontrar o beijo dele.

"Você já esteve em um respingo?"

Ela perguntou a ele, depois que eles separaram seus lábios.

"Que diabos é um respingo?"

"Bem, então, obviamente você não foi a um."

"Mas tenho a sensação de que você vai me levar para uma, certo?"

Bridget assentiu com um sorriso malicioso.

O piloto do rebocador aceitou o pagamento da viagem particular e os dois amantes desembarcaram e entraram no carro que esperava.

Então Bridget percebeu algo pelo qual não se apaixonara antes.

O motorista foi o mesmo homem que os levou à boate e as palavras de Jacky ecoaram em sua cabeça.

"O motorista trabalha para mim."

"Então, onde agora?" Perguntou Leonardo.

Bridget olhou do banco traseiro para o espelho retrovisor do motorista, olhando para ele.

Ela ficou horrorizada quando percebeu que o motorista estava ciente disso.

"Bridget? Você está bem? Você parece ter visto um fantasma ou algo assim."

"Não! Eu estou bem. Acho que devemos voltar para o meu apartamento por enquanto."

"Tudo bem para mim. Esse respingo virá mais tarde, talvez?"

"Claro."

* * *

Durante a viagem pelo tráfego da manhã, o motorista a olhava de vez em quando, usando o espelho, e Bridget podia sentir o olhar deles.

Leonardo não estava ciente do que estava acontecendo, mas agora estava claro que havia uma sensação de perigo.

Jacky e aqueles que trabalharam para ela eram capazes de qualquer coisa.

"Motorista? Não foi assim que viemos aqui." Leonardo disse

"É um desvio, senhor, escapar do tráfego pesado", respondeu o motorista.

"Desculpe, mas eu sou um estranho nesta cidade, perdoe minha intrusão."

"Tudo bem, senhor, não há problema."

Bridget apertou a mão de Leonardo com força.

"O que acontece?" Perguntou Leonardo.

Ela apenas olhou para ele com uma expressão preocupada, segurando ainda mais forte.

"Conte-me?"

"Talvez a senhora não esteja se sentindo bem, senhor?" perguntou o motorista.

"Bridget, você se sente doente?"

De repente, o carro começou a acelerar ao longo de uma estrada de acesso que levava a uma estrada que saía da cidade.

"Apenas acalme-se e eu vou levá-lo para casa em pouco tempo", explicou o motorista.

Leonardo começou a perceber que algo estava muito errado.

"Espere. Para onde isso está nos levando?"

"Casa."

"Este não é o caminho para chegar ao apartamento da senhorita Baldwin."

"Eu disse que era sua casa, senhor?"

"Vire-se agora!"

"Calma", respondeu o motorista, agora olhando Bridget diretamente no espelho retrovisor com um sorriso malévolo no rosto.

Ela fechou os olhos quando sentiu o pânico atingi-la, mas lutou contra isso, tinha que ser forte, mais uma vez havia comprometido não apenas a vida de Leonardo, mas também a dele.

"Não se preocupe querida, eu vou consertar isso o mais rápido possível." Leonardo garantiu a ele.

A viagem levou-os ao campo e a uma casa situada em uma estrada tranquila.

O carro entrou em uma garagem por portas abertas e, quando passaram, as portas se fecharam automaticamente atrás deles.

"De quem é isso?"

"É aqui que Jacky mora." Bridget respondeu.

***

A casa era grande e media um nível.

O carro parou na entrada principal.

Havia outros carros estacionados nas proximidades de todos os tipos, incluindo um Lamborghini verde distinto.

O motorista abriu as portas e Leonardo pulou para encará-lo, mas se viu contido por dois homens de terno escuro que pareciam aparecer do nada.

Cada um o segurava por um de seus braços.

"Me deixar ir!"

"Oh, por favor, não vamos fazer barulho de tudo isso."

Jacky saiu de casa pela porta da frente e caminhou em direção a Leonardo.

"Largue, meninos."

"A garçonete. Então nos encontramos novamente."

"Olha, eu sou tanto uma garçonete como você é um cirurgião neurológico. Mas não vamos discutir isso agora. Bem-vindo à minha humilde morada, Sr. Biscas, eu estava esperando para vê-lo novamente."

Bridget estava sentada no carro.

O motorista encostou-se na porta, esperando ela sair.

"Você vai ficar lá o dia todo?" Eu pergunto.

Ela olhou para ele e depois saiu rapidamente, batendo a porta com força.

"Leonardo, me desculpe, isso tinha que acontecer."

"Não se preocupe, Bridget, parece que Jacky está muito determinado a me receber como convidada." Ele olhou para Jacky e sorriu para ele. "Espero que seja bem-vindo."

"Claro. Há alguns assuntos inacabados para tratar. Por favor, entre."

Dentro da casa parecia enorme.

Eles seguiram a anfitriã até uma sala decorada com pinturas eróticas penduradas nas paredes e uma grande janela que se estendia de parede a parede com vista para um gramado que parecia durar para sempre.

O sol da manhã entrou na sala, tornando-a arejada e brilhante.

"Por favor, sinta-se em casa. Thomas irá recolher seus casacos."

Thomas, o criado anão, esperou que Leonardo e Bridget tirassem os casacos, depois saiu da sala com eles em um braço.

Leonardo viu o homenzinho se esforçar um pouco para fechar a porta atrás dele.

"Você tem uma maneira estranha de convidar seus convidados."

"Desculpe por isso. Mas era a única maneira que eu sabia que você poderia estar aqui. Você se importaria de tomar um refresco? Talvez tomar um café da manhã?"

"Não, obrigado, nós já comemos." Bridget respondeu.

"Você tem uma casa muito bonita, Jacky." Leonardo disse a ela.

"Sim, é. É uma pena que você não pudesse vê-la doze anos atrás." Jacky respondeu.

"Ah, sim, fui convidada por Jane, mas eu tinha outras coisas para fazer."

"Por que estamos aqui, Jacky?" Bridget perguntou, interrompendo a conversa para evitar mais falsos equívocos que pudessem começar a ressurgir.

"Bem, eu pensei que um pouco de diversão pode ser relevante."

"O que você quer dizer é que você quer me matar?" Leonardo disse.

Agora ele havia se adaptado ao fato de os dois terem sido seqüestrados.

"Eu disse isso?" Jacky perguntou. "Você realmente tem uma opinião muito baixa de mim, Leonardo. Estou muito decepcionado com você."

"Ele sabe sobre a carta-bomba, Jacky." Bridget explicou.

"E você contou a ele tudo sobre o nosso pequeno plano, eu acho."

"Tudo o que eu precisava saber."

"Você sabe, esse era um plano muito bom se eu pudesse por conta própria. E é uma pena que isso nunca tenha acontecido. E Bridget, você era o elo mais fraco."

"Então você pretende se divertir com a gente?" Perguntou Leonardo. "Como na outra noite?"

"Você gostou."

"Talvez eu tenha gostado. Eu amo as carícias de uma mulher bonita, especialmente uma que me faz acabar como você. E pela sensação dos seus dedos, eu também pude detectar que você também estava gostando. Sua mão tremia, talvez com a mão." Eu gostaria que nosso jogo fosse mais longe. "

Jacky sorriu e se aproximou de Leonardo.

Ela passou o dedo pela coxa dele e parou na virilha.

"Adoro quando faço um homem gozar. Isso me dá uma sensação de controle e domínio sobre ele."

"Como alguém que eu já conheci." Leonardo respondeu sorrindo.

"Sim. Mas essa outra pessoa escreveu em seu diário sobre as coisas que você fez com ele."

"Ela queria essas coisas. Certamente você pode entender isso."

"Do que vocês dois estão falando?" Bridget perguntou. Ela se sentiu excluída da conversa e queria ficar ciente da situação que estava se desenrolando.

Jane e Leonardo. Jacky respondeu.

"Que coisa?"

"Nossos pequenos jogos particulares". Leonardo respondeu.

Ele e Jacky foram pegos em contato visual, como se estivessem se comunicando com mentes que se excluíam, mas estavam simplesmente trancados em um estado de auto-aperfeiçoamento verbal, esperando que o outro fizesse outro comentário.

"Eu li as últimas entradas em seu diário." Jacky explicou. "Qual foi o argumento na noite em que você a empurrou para o lado do iate?"

"Eu não a empurrei. Ela deixou a festa para retornar ao nosso quarto de hotel em terra. Então, por algum motivo, ela ficou, estava bêbada e se inclinou sobre o parapeito do iate."

"É nisso que você quer que acreditemos."

"Essa é a verdade. E de qualquer maneira, o que ela escreveu em seu diário será pura fantasia. Como você, Jacky, ela tinha uma imaginação muito selvagem".

"Esperar!" Bridget levantou a mão e as interrompeu. "Podemos chegar a um acordo aqui? Esquecer o passado e todo o plano? Vamos parar de pensar nisso."

"É isso que você quer?" Jacky perguntou rindo.

"Sim. Foi tudo loucura e também acho que isso está ficando fora de controle."

"Estou de acordo." Leonardo respondeu.

"Não eu. Você já perdoou Angel?"

"Eu fui estúpido." Bridget respondeu. "Eu estava exagerando. E além disso, ninguém foi ferido ainda."

"Ok, vamos deixar o assunto então. Mas ainda preciso fazer alguma coisa."

Jacky tocou um pequeno sino de bronze quatro vezes e Thomas voltou.

"Sim senhora?"

Ele curvou-se e ficou ao lado de sua amante.

O sorriso largo reapareceu em seu rosto, aquele com o qual Bridget já havia se familiarizado.

Havia algo de safado em Thomas, então ele sempre gostou de fazer parte dos joguinhos de Jacky.

"Você já preparou a sala especial?"

"Esta lista."

"Bom. Então acho que é hora de nos divertirmos. Vocês dois me seguirão, por favor?"

Leonardo olhou para Bridget com um olhar interrogativo.

Ela balançou a cabeça em resposta e os dois seguiram a anfitriã e a criada para fora da sala.

Ela os conduziu escada abaixo que levava ao porão e depois para outra sala.

No interior, a sala estava decorada como uma masmorra.

Havia algemas penduradas nas paredes de pedra cinza fria, uma gaiola grande o suficiente para duas pessoas e uma mesa cirúrgica de aço inoxidável equipada com estribos em uma extremidade.

Ao longo de uma parede havia armários com chicotes, correntes e vários outros instrumentos de dor e prazer.

OMG eu deveria ter esperado isso. Leonardo murmurou.

"Impressionado?" Jacky perguntou sorrindo.

"Ele deveria estar?"

Isso não era novidade para Bridget.

De fato, ela teve a idéia de levar Leonardo para um local um pouco parecido, embora talvez não seja tão hostil ou frio quanto esse.

Era um lugar que suas amigas tinham por prazer particular; bater e chicotear.

Mas isso foi um pouco mais assustador, mais escandaloso.

Ela só tinha visto outros se entregarem a tais atos antes.

A proposta que eu faria a ele era experimentar um pouco com isso. Nada mais.

"Jane adorou este quarto. Você está surpreso com isso, Leonardo?" Jacky perguntou.

"Realmente não."

"Quando esta casa foi construída para nós, ela tinha este quarto pronto para as amigas. Então, é claro, ela conheceu você, Leonardo." Sua voz tendia a ecoar nas paredes enquanto ela falava, andando ao redor de Leonardo como se o pesasse. "Então eu descobri as coisas que ela estava fazendo aqui. Seus jogos. Logo percebi que minha irmã era um pouco estranha em seus gostos sexuais. Pensei que poderia experimentá-los quando crescesse. E assim sinto o tipo de prazer." que eu gostei. "

"E?" Perguntou Leonardo.

"Aproveite".

Jacky sentou em um banquinho e se aproximou de um dos grilhões.

Ele pegou a pulseira na mão, sentindo o metal frio entre os dedos.

"Aprendi a apreciar o prazer que se pode obter com dor e tortura."

"Alguém pode explicar por que estamos aqui?" Bridget perguntou.

"Claro. Eu vou deixar os dois compartilharem esse prazer." Jacky foi até Bridget e passou a mão pelos cabelos. "Eu não prometi que Bridget mostraria algumas coisas? Acho que você está pronta. Tem certeza de que você e Leonardo fizeram sexo juntos?"

"Sim." Bridget respondeu.

Os olhos dela olharam para Leonardo enquanto ele olhava para Jacky enquanto desatava os botões prateados, um por um, da alça do vestido de Bridget.

"O que você está fazendo?"

"Estou preparando você."

Jacky continuou com a outra alça até a frente e as costas do vestido caírem, expondo o sutiã de renda preto de Bridget.

E um puxão gentil enviou o vestido aos tornozelos.

Leonardo continuou observando Bridget ficar de cueca.

Tanga preta e meias sustentadas por um cinto de ligas que complementam a suavidade de sua pele rosada, quase impecável.

"Eu já te disse Bridget, você me deixa com muito tesão?" Jacky perguntou.

Sua voz agora era quase um sussurro quando ela olhou nos olhos azuis de Bridget, que continham um certo medo interior.

Bridget olhou para Leonardo, imaginando se ele iria parar com isso quando Jacky afrouxou o sutiã pela frente e deixou seus seios firmes livres.

"Que seios maravilhosos você tem, Bridget. Eu amo você."

Jacky gentilmente pegou seus peitos e os segurou; delicadamente passando os polegares sobre cada mamilo e observando-os alcançar sua ereção máxima.

Bridget fechou os olhos e sentiu as mãos frias de Jacky.

Ela nunca fora tocada assim por outra mulher antes e, de alguma forma, a sensação era estranha, mas agradável.

"Não se preocupe, eu não vou te machucar. Estou apenas brincando com você."

"Por que você está fazendo isso?"

"Porque eu prometi a você. Você não se lembra?"

Jacky se virou para olhar Leonardo e riu dele.

"Olhe para ele? Ele adora assistir. Aposto que seu pau está duro agora, querendo se sentir aliviado. Você sabia que Leonardo gostava de assistir e chupava ao mesmo tempo?"

"Para isso já." Leonardo respondeu.

"Por que eu deveria fazer isso?"

"Bridget, você vai me dizer agora que não quer que isso vá mais longe?" Eu pergunto.

"E se eu disser não?" Bridget respondeu com resignação. "O que você vai fazer para impedir que o que você quer que aconteça?"

6.

Bridget encarou a parede cinza e lisa.

A pulseira de metal na manilha se fechou sobre o pulso dela quando Leonardo recuou, passando a mão sobre as nádegas nuas.

"Prometo não amarrá-lo com força", disse ele.

Ela confiava nele, mas ao mesmo tempo não conseguia acreditar até onde ela foi com isso.

Quando ele se virou, Jacky apontou uma pistola pequena para ele.

"Espere! Agora é a sua vez, Leonardo. Fique nu."

"Eu não acho que haja necessidade dessa arma."

"Bem, isso me faz sentir mais confiante de que eles vão me obedecer." Jacky respondeu apertando o gatilho.

- Você não confia em mim, Jacky? Você deve me odiar muito.

"Eu não te odeio. Eu apenas gosto de brincar com você", ele sorriu.

Leonardo começou lentamente a tirar a roupa enquanto Jacky se sentava em um banquinho assistindo.

Ele podia ver que ela não estava acostumada a usar uma arma do jeito que ele a segurava.

Embora fosse pequeno e leve, parecia pesado em sua mão.

Ela o viu se despir, gostando.

Bridget tentou olhar para trás, com os braços levemente soltos, suspensos pelos grilhões.

"Eu não me importo de jogar seus jogos Jacky, mas isso é loucura", comentou ela.

"Na verdade não. Você não está acostumado à dominação, só isso."

"Uma arma? Isso não é dominação. Isso é loucura."

"Vamos apenas chamar de brinquedo novo. E mais assustador, torna o jogo mais interessante, você não acha?"

Quando Leonardo estava nu, Jacky se levantou e se aproximou dele.

Ele apontou a arma para o peito e depois a deslizou para o umbigo e depois para o topo de sua masculinidade, saltando e ameaçando.

"Agora eu entendo por que Jane gostava tanto de você", ela disse a ele. "Muito interessante é o que você tem lá em baixo."

"Estou tão feliz que você gostou." Leonardo sorriu.

Ele estava com medo profundamente dentro de si mesmo, mas ele queria esconder isso, não mostrar a Jacky que ele estava absolutamente no controle.

Mas ela era especialista quando se trata de medo e de como os homens se esforçam para ser corajosos sob tanta pressão.

Para ela, isso fazia parte do jogo.

"Você vê aquele chicote no armário ali?"

Leonardo olhou para cima e viu um chicote de couro vermelho pendurado em uma alça de gancho no armário aberto.

Tinha muitas caudas que rastejavam de quase um metro de comprimento.

"Coloque para fora."

Ele caminhou até o armário e puxou-o para fora, e passando as caudas entre os dedos, percebeu o que aquilo significava.

"É bom, não é, Leonardo?" Jacky perguntou.

"Se isso acontecer".

"Jane adorou, não é?"

"Ela queria. Ela me implorou para fazê-lo."

"Não. Ela implorou para você parar, mas você não fez aquela noite em particular, não é? Em vez disso, você continuou batendo nela e batendo nela até as costas dela começarem a sangrar. Você a levou além dos limites."

"Isso não é verdade, Jacky", ele respondeu, virando-se para ela e percebendo a angústia em seus olhos.

"Ela queria mais e mais. Ela me forçou a fazê-lo. Ela disse que me deixaria se eu não o fizesse. Eu a amava tanto que não podia suportar isso. Então continuei até que ela desmaiasse."

"Não foi isso que ele colocou em seu último post".

"Eu te disse. Ela não escreveu nada além de fantasias em seu diário."

"Então sobre o que vocês dois discutiram?" Jacky estava perto dele, exigente.

"Não era sobre isso. Era sobre as novas idéias dele e que eu não podia aceitar."

"Que idéias?"

"Ela queria me compartilhar com outro homem além de mim. E eu não queria compartilhá-la com mais ninguém."

"Segue..."

Leonardo começou a contar sua história:

"Chegamos à festa no iate e começamos a nos misturar com os outros convidados. O vestido que ela usava escondia aquelas protuberâncias terríveis nas costas, mas ainda havia um rastro de sangue escorrendo pelas roupas. Eu disse a ela que a festa havia terminado. Foi uma péssima idéia e nós deveríamos voltar para o hotel. Ela discordou e começou a conversar com esse homem que havíamos conhecido no festival alguns dias antes. para brincar intimamente. Ele notou o sangue escuro manchando as roupas e, obviamente, perguntou sobre isso. Então eu os vi olharem para mim e enquanto ambos sorriam, sussurrando. Imaginei do que eles estavam falando. "

Bridget ouviu atentamente.

E agora ela também sabia o que Jacky havia planejado para ela e Leonardo naquela masmorra.

Leonardo continuou:

Pouco a pouco, e com o passar da noite, Jane ficou bêbada. O homem ainda estava com ela. Então ela voltou para mim e disse que o convidara a voltar ao nosso quarto de hotel mais tarde para se divertir. mais do que dor. Ela queria que nós dois a fodêssemos ao mesmo tempo. "

Jacky olhou para ele.

O rosto dela estava triste de lembranças.

"E você obviamente disse não a ele?"

"Sim. Eu disse a ela que a idéia era louca e ela disse que estava saindo. Eu sabia que se ela fosse sozinha, poderia ficar de olho nesse homem. Certifique-se de que ele não a seguisse."

"Então, quando ela foi embora ...?"

"Ninguém sabia que ele ainda estava lá, andando pelo convés esperando seu táxi. Foi quando aconteceu e ninguém sabia até que eu voltei ao hotel e encontrei nosso quarto vazio. Pensei que, no final, ele havia encontrado a outra pessoa, então não Não pensei mais em nada. Então de manhã ... "

"Eu ainda não acredito em você."

Leonardo respirou fundo e olhou para ela.

"Eu não esperava que você esperasse."

"Então, é hora de você reviver aquela noite. Os momentos no quarto de hotel antes da festa." Jacky virou-se para olhar para Bridget. "Aí está ela. A mulher que você ama tanto para machucar e torturar."

"Não! Bridget é diferente."

"Sério? Isso é ainda melhor. Eu posso gostar de ver você puni-la."

Bridget começou a lutar contra as algemas, mas as algemas estavam fechadas ao redor de seus pulsos.

"Você não pode me fazer fazer isso, Jacky!" ela gritou. "Por favor, não o faça fazer isso, por favor."

Seus gritos ecoaram desesperadamente pelas paredes da masmorra.

"Eu não vou fazer isso." Leonardo respondeu.

Jacky olhou para ele e depois apontou a arma para o rosto dele.

"Sim, você vai. É um presente para vocês dois. É um presente para a vida deles."

"Você pretende nos matar se eu recusar?"

"Eu não teria problemas com isso."

"E até onde você quer que eu vá, Jacky?"

"Até o final".

Leonardo se aproximou do muro onde pegou Bridget.

Ele podia ouvi-la chorar, cheia de medo da dor que ela já esperava e do horror que Leonardo iria administrar a ela.

Então ela percebeu, dentro de si mesma, que talvez ela merecesse planejar planejar matar ele e Angel, e então o choro parou.

"Eu te amo, Leonardo", ela murmurou, o rosto contra a parede, manchando-o com lágrimas. "E eu vou te perdoar."

"Eu não posso te machucar intencionalmente, Bridget. Você entende isso?"

"Sim. Mas talvez eu mereça. É por isso que eu vou te perdoar."

"Não. Você não merece." Os dedos dele traçaram a linha da coluna dela. "Isso não é sua coisa, mas eu sou fraco." Ele se virou e olhou para Jacky, sentado e ainda apontando a arma para ele, com um sorriso no rosto. "Fraco porque sou forçado a fazê-lo."

Ele se afastou, a meio caminho entre Jacky e Bridget, chicote na mão.

Então ele deu um passo para o lado e sentiu seu peso, estimando o balanço que precisaria para dar o primeiro golpe.

Ele olhou em direção à porta e lentamente levantou o braço.

"Vejo que você já é especialista em chicotes. Tudo bem, isso pode ser divertido." Jacky comentou.

Havia uma expressão de concentração no rosto dele e ela olhou pelo canto do olho para Jacky.

O chicote voou no ar.

Não contra Bridget, mas contra Jacky.

As caudas instantaneamente envolveram seu pescoço em um aperto enrolado, pegando-a de surpresa.

A arma caiu no chão e Leonardo se abaixou para pegá-la quando Jacky caiu do banquinho.

"Desgraçado!"

Jacky ofegou.

As caudas do chicote haviam se enrolado com tanta força que quase restringiu sua respiração.

Leonardo levantou-se e apontou para ela, segurando a arma com as duas mãos.

"Como isso se sente agora?" Eu pergunto.

"Foda-se!" Ela respondeu, desembaraçando as caudas.

Eles deixaram marcas vermelhas em volta do pescoço, com dor, mas sem um sinal de pele arranhada.

Ela se sentou e jogou o chicote para longe dela.

"Não, Jacky. Talvez eu deva te foder agora. A porta está fechada e ninguém pode ouvir nada fora ou acima de nós."

"Leonardo! Por favor, não!" Bridget gritou.

"Você nunca sairá vivo." Jacky avisou. "Faça o que quiser, mas será o último. Para os dois."

Ele deu um passo atrás em direção a Bridget e abriu uma das algemas para libertá-la, para que ela pudesse remover a outra sozinha.

"Me faz um favor." Bridget esfregou os pulsos e olhou para ele. "Suba as escadas e peça a Thomas para se juntar a nós."

"Não, por que eu deveria?"

"Precisamos sair daqui."

"Você não vai machucá-lo, vai?"

"Eu tentarei não."

Bridget correu para a porta e a abriu.

Ela estava totalmente nua, mas não se importava mais.

Ele subiu as escadas correndo e encontrou a porta da sala aberta.

Thomas! ela chamou.

Ele estava esperando.

Uma arma na mão apontou para ela e aquele sorriso distinto em seu rosto.

Ela notou a televisão e mostrou a visão da masmorra.

Thomas estava assistindo tudo no conforto de uma poltrona.

7.

Thomas colocou a arma na mesa baixa e olhou para Bridget parada diante dele.

"Não se preocupe, senhorita Bridget, não está carregado", disse ele.

Os olhos dele examinaram cada centímetro do corpo nu dela em admiração.

"Você estava olhando para nós?"

"Sim. E filmando. A senhora gosta de gravar tudo. Há câmeras escondidas em toda parte nesta casa."

"Você tem que nos ajudar a sair daqui."

"Desculpe, senhorita Bridget, mas você será o único que vai sair."

"Que queres dizer?"

Thomas sorriu e seus olhos caíram em alguém atrás dela.

Ele se virou, mas apenas sentiu uma dor aguda na nádega que parecia queimar como fogo e o rosto de um dos guarda-costas olhando por trás com seus penetrantes olhos azuis.

"Do que..."

"Bons sonhos, senhorita Bridget ... bons sonhos."

A voz de Thomas parecia ecoar na sala, ao redor de sua cabeça enquanto o rosto do guarda-costas se contorcia em seu campo de visão.

Uma sensação de calma tomou conta dela, e de repente tudo ao seu redor parecia derreter em uma névoa cinza e um silêncio agradável.

***

A limusine caminhou lentamente em direção ao beco dos fundos.

A escuridão da noite forçou o motorista a iluminar o caminho com os grandes faróis acesos, depois parou no final.

Duas figuras fortes emergiram da parte de trás do carro, carregando um corpo inerte, que depois foram cuidadosamente enfiadas em uma pilha de sacos de lixo de plástico.

O corpo afundou neles, quase desaparecendo quando as sacolas se fecharam ao seu redor, sob seu peso.

As figuras recuaram e, tão silenciosamente quanto haviam partido, voltaram ao carro.

Ele recuou pelo beco e foi embora.

* * *

O amanhecer espalhou sua luz por toda a cidade.

O coletor de lixo caminhou pelo beco, verificando as malas que precisavam ser transferidas para o veículo que estava esperando no início do beco, na rua.

Ele foi até os sacos de lixo e os chutou, verificando o peso deles, mas um braço esbelto caiu mole em sua direção.

Puta merda! ela exclamou.

Olhando mais de perto, ele descobriu que o braço pertencia a uma mulher.

Ele estava vestindo um casaco e seus longos cabelos castanhos cobriam a maior parte do rosto.

Com a mão enluvada, ele empurrou o cabelo para trás e olhou para ela.

"Oh pessoal! Me ajudem!" O grito.

* * *

Bridget abriu os olhos.

O verde pálido do teto foi a primeira coisa que ele viu quando seus olhos se concentraram, seguidos pelo som de um sinal sonoro constante que deve ter sido seu batimento cardíaco.

Ela se viu deitada em um colchão e não sentiu uma dor imediata, mas havia um sentimento interno de medo e inconsciência que começou a surgir quando o resto de seus sentidos começou a despertar.

"Onde estou? Alguém me ajuda."

"Está bem."

Era a voz de uma pessoa se aproximando dela e então ela viu o rosto de alguém olhando para ela com um sorriso.

A forma familiar do boné branco das enfermeiras lhe dava alguma segurança.

"Fique calmo, querida, está tudo bem."

"Onde estou?"

"Você está seguro. Tente ficar calmo, está tudo bem." A enfermeira passou os dedos pelo rosto de Bridget. "Você está no hospital da cidade e tudo ficará bem."

"Leonardo? Onde está Leonardo?"

"Vou mandar chamar o médico. Por favor, fique calmo."

* * *

Bridget estava deitada na cama do hospital, olhando para o médico.

Sua aparência madura, mas bonita, a fez se sentir segura pelo menos quando o estetoscópio tocou seu peito.

A enfermeira estava atrás dele, enviando-lhe um sorriso tranquilizador, dizendo que estava tudo bem e em ordem.

Ele observou seus seios firmes e mamilos eretos enquanto ela se inclinava para trás, então ela lentamente fechou suas roupas para cobri-los.

"Vai ficar tudo bem, senhorita. Tudo parece estar normal."

"Mas ainda não me lembro como cheguei aqui", disse ela.

"Tudo voltará para você a tempo. Tudo que você precisa fazer agora é descansar."

"Eu me lembro do nome de uma pessoa, só isso. Eu nem sei meu nome."

"O nome dessa pessoa seria Leonardo?"

"Sim. Mas eu não sei exatamente quem ele é. Tudo o que posso ver em minha mente é o rosto e o nome dele, mas nada mais."

"Como eu disse ..." ele colocou a mão gentilmente na dela ", ... tudo isso voltará para você. Descanse por enquanto e se dê um tempo."

O médico sorriu para ele e levantou-se.

Seu corpo alto se ergueu acima dela e até o da pequena enfermeira ao lado dele.

"Verificamos outras coisas que poderiam ter acontecido com ele. Pelo menos, parece que ele não foi agredido sexualmente, o que deve ser um alívio para você."

"Sim. Mas lembrar como cheguei aqui em primeiro lugar também me ajudaria."

"Bem, acho que poderia esclarecer isso", continuou a enfermeira. "Embora ela estivesse quase nua quando o encontraram no beco, o casaco que ela estava vestindo era uma grife muito cara. E tinha o nome costurado lá dentro."

"Meu nome?"

"Não me lembro se quem Bridget Baldwin deveria ser como você, mas esse era o nome dentro do casaco. Uma supermodelo, se bem me lembro?"

A menção do nome Bridget deu-lhe um sentimento quente no fundo.

Embora fosse seu próprio nome, sua memória não o reconhecia como tal, embora seu som parecesse desencadear algo em sua consciência mais profunda.

"Você tem uma visita, senhorita", explicou a enfermeira. "Inspetor de polícia Robert Harris. Mas sugiro que você só fale com ele se se sentir bem o suficiente."

"Exatamente", respondeu o médico. "Ele precisa descansar. Ele pode falar com você mais tarde."

"Não." Bridget se sentou. "Eu quero ver agora".

"Tudo bem. Mas peça para ele sair se for muito estressante para ele, ok?"

"Não se preocupe, eu vou."

Os médicos foram embora e, por um breve momento, Bridget começou a ver imagens deslizando em sua mente.

Memórias estavam despertando dentro dela como ver o rosto de Leonardo olhando para ela enquanto ele inseria seu membro dentro dela.

Ela sentiu como se fosse tão real.

Então as imagens desapareceram tão rápido quanto chegaram quando a porta do quarto dela se abriu.

"Oh meu Deus! Eu não acredito", disse o homem de meia-idade enquanto a olhava. "Eu sou Bobby Harris." Ele levantou seu distintivo confirmando quem ele era, embora longe demais para ela ver claramente. "Você é a senhorita Baldwin. Eu sabia."

Harris puxou uma cadeira e sentou-se ao lado da cama.

Bridget olhou para ele, brincando com suas palavras em sua mente; "Você é a senhorita Baldwin."

Seu rosto se iluminou com um sorriso quando ele puxou um bloco de notas do bolso do paletó e folheou suas páginas.

"Desculpe? Você disse que eu era ...?"

"Isso mesmo. Você é Bridget Baldwin. A supermodelo."

"De verdade?"

"Você pode apostar nisso. Eu sei que você está tendo problemas com sua memória agora, mas o médico disse que você se recuperaria gradualmente. Então, pensei que vir aqui para me apresentar era a coisa certa a se fazer. Espero que você não se importe, senhorita".

"Não, isso não me incomoda".

As notícias de sua identidade a surpreenderam.

Ela começou a assumir com seus pensamentos quem ela realmente era.

E pensar em como uma supermodelo como ela, vestindo apenas um casaco e nada mais, poderia ter sido jogada em um beco.

"Só para recapitular. Você se lembra de alguma coisa?" Eu pergunto.

"Sim. Apenas uma pessoa."

"E quem poderia ser essa pessoa, se eu puder perguntar?"

"Leonardo".

"Um homem? Você se lembra de um homem chamado Leonardo? Mais alguma coisa?"

"É isso. Nada mais."

O inspetor olhou para ela.

Suas roupas se separaram um pouco quando ela se sentou na cama, revelando a forma curvilínea de seus seios e seu olhar caiu sobre eles.

"Você não sabe quem é esse homem?"

"Não. Tudo o que sei é o nome dele e posso ver o rosto dele olhando para mim em minha mente."

"Descrição?"

"É bonito ...".

Por um breve momento, as lembranças dele fazendo amor voltaram para ela.

"...ele é..."

"Sim?" perguntou o inspetor.

Os olhos dela olharam mais de perto para o vestido aberto.

Agora ele podia ver a leve sugestão de seu mamilo, mas percebeu imediatamente que ela o observava enquanto ele se recuperava de sua memória espontânea e emocionante.

"Eu acho que ele é alguém que eu conheço muito bem."

"Já vejo." Ele folheou o caderno e então encontrou o que estava procurando. "Essa pessoa seria Leonardo Biscas?"

"Talvez. Eu não tenho certeza. Quem é ele?"

"Ok, senhorita Bridget. Vou deixar assim por enquanto."

"Se eu me lembrar mais, eu o informarei, inspetor."

"Bom. Uma última coisa antes de eu deixar você descansar? Você se lembra de alguém chamado Michelangelo Andreotti?"

"Não, desculpe, eu não me lembro de ter ouvido esse nome." Ela respondeu.

"Está bem."

O inspetor levantou-se, colocou a mão no ombro e agradeceu pela breve entrevista.

De onde ela estava, ela conseguiu ver mais de seus seios sob o manto parcialmente aberto.

Ele sorriu e comentou que voltaria em breve.

Mas antes que ele fechasse a porta, ela perguntou:

"Você não pode me dar algumas informações sobre mim? Eu preciso saber quem eu sou!"

- Sinto muito, senhorita Baldwin. O médico disse que ela se recuperaria melhor se não estivesse surpresa demais. Não quero alterar as coisas. Verei-a novamente em breve.

8.

A rápida visita do inspetor deixou Bridget pensando seriamente.

Ainda não havia nada a que se recuperar para recuperar sua memória perdida naquele último dia.

E à noite, enquanto dormia, ele só conseguia sonhar que Leonardo fazia amor com ele repetidas vezes.

A enfermeira entrou na sala e a observou gemer e se contorcer enquanto dormia, revivendo cada momento do evento claramente em sua mente.

A enfermeira gentilmente escovou os cabelos de Bridget e começou a se acalmar.

Sua língua lambeu os lábios como se estivesse tentando beijar e acariciar os lábios de seu amante dos sonhos.

Então ela ficou parada mais uma vez, sussurrando o nome "Leonardo" repetidamente até que ela desapareceu em um sonho silencioso.

No dia seguinte, Bridget tomou um relaxante banho de sabão e água, enquanto lavava com uma luva de banho.

De repente, ele se lembrou de algo como se tivesse vindo do nada.

"Leonardo?" ela sussurrou para si mesma.

Outras coisas começaram a voltar para ela em rápida sucessão; Jacky e a casa, a masmorra, seu próprio apartamento.

Ela saiu da banheira agarrando rapidamente o roupão.

"Enfermeira!"

Ela se cobriu com o roupão e entrou em seu quarto particular em pânico.

A enfermeira olhou para ela e gentilmente a pegou pelos braços.

"Bridget? O que há de errado?"

"Eu lembrei de tudo. Eu tenho que sair daqui, agora!"

"Não há como você poder. Você ainda precisa descansar."

"Não! Eu devo ir agora. Leonardo está em perigo! Pegue minhas roupas!"

"Seu agente ainda não os trouxe. Não até esta tarde."

"Então me encontre outro! Eu preciso de roupas agora!"

O médico entrou e correu para Bridget.

Juntos, ele e a enfermeira a seguraram e a colocaram na cama.

Baldwin, por favor, tente se acalmar. Isso não é bom para você.

"Mas eu preciso sair daqui. Leonardo está em perigo, ele precisa da minha ajuda."

"Não, agora, ele não pode ajudar. Ele precisa relaxar."

O médico fez um gesto para a enfermeira procurar em uma bandeja ao lado da cama.

"Eu vou lhe dar algo que irá ajudá-lo a relaxar."

"Não, por favor, eu tenho que ir agora. Por favor, eu imploro que você me deixe ir."

A enfermeira purgou o hipodérmico enquanto o médico segurava os braços de Bridget.

Ela observou quando a agulha ameaçadora se aproximou dela e chorou.

"Não! Não, por favor, não faça isso comigo!"

Então, uma dor aguda atingiu seu braço quando a enfermeira administrou o medicamento.

Em segundos, Bridget se acalmou.

Seu corpo cansado estava deitado na cama enquanto o médico e a enfermeira olhavam para ela.

***

As portas do elevador se fecharam com um apito quase silencioso.

O inspetor Bobby estava lá dentro, quando o elevador subiu, ouvindo jazz suave pelos alto-falantes e olhando as fotografias nas três paredes do elevador das modelos que haviam passado pela agência.

Ele viu um de Bridget e sorriu para si mesmo.

Então uma campainha tocou e as portas se abriram na recepção.

Uma viagem que levara ao décimo terceiro andar.

"Boa tarde, Calvin Arte Creativo, posso ajudá-lo?" perguntou a recepcionista.

Ela quase cantou as palavras como se fosse uma música que ela havia aprendido.

Bobby pegou seu distintivo e olhou para a loirinha.

Ela sorriu para ele com os lábios vermelhos.

"Estou aqui para ver o Sr. Calvin. Inspetor Harris, polícia da cidade."

"Obrigado, sente-se, senhor."

Ele assentiu educadamente, sentou-se em um dos muitos assentos vazios e olhou para os retratos de vários tamanhos de modelos nas paredes, procurando um pouco mais de Bridget.

A recepcionista estava olhando para ele timidamente, tentando não atrair muita atenção, mas Bobby já havia notado suas pernas finas e macias sob a mesa desaparecendo além da bainha de uma saia justa.

Ele tentou adivinhar sua idade, mas era difícil, pois a maquiagem que ele usava dava uma impressão falsa.

Houve um zumbido.

"Sr. Calvin vai vê-lo agora, você pode entrar."

Bobby levantou-se e caminhou até a porta, batendo duas vezes antes de entrar.

A recepcionista olhou atentamente e os dois trocaram sorrisos.

Burt Calvin, sentado à sua mesa, estava conversando com alguém ao telefone.

A paisagem urbana atrás dele, através da grande janela do escritório, indicava a que altura estavam.

Calvin fez sinal para o inspetor se sentar com o dedo acenando.

"Não, eu não posso aceitar isso, e você sabe os motivos."

Calvin falou arrogantemente ao telefone.

"Não tenho o hábito de jogar milhões de dólares pelo ralo. Resolva isso!"

Ele desligou e olhou para Bobby, depois se levantou e ofereceu a mão sobre a mesa.

Calvin era um homem alto, pelo menos mais alto que Bobby por vários centímetros.

Bem-vindo inspetor Harris. Bobby apertou a mão dela, sentindo seu forte aperto. "O que posso fazer por você? Posso oferecer algo para você beber?"

"Não, eu estou bem. Acabei de almoçar. Este é um dos seus modelos, senhorita Baldwin."

"Ah, sim, Bridget. Eu não consigo entender o que aconteceu lá. A situação é tão misteriosa, você não acha?"

"Bastante." Bobby respondeu. "Você pode entender por que a polícia está investigando, imagino. Não é todo dia que uma supermodelo famosa é encontrada em um beco." Calvin ofereceu a ele um cigarro de uma caixa de prata. "Não, obrigado, estou tentando desistir."

"Então, como posso ajudá-lo?"

"Você conhece a senhorita Baldwin muito bem, eu acho? Não apenas como o agente dela?"

"Sim. Nos conhecemos há algum tempo. Penso muito nela. Sempre cuidei das necessidades dela da melhor maneira possível." Calvin respondeu.

"Há muito tempo?"

"Sim. Nos conhecemos logo após a morte do pai. Na internet, acredite ou não. Ele era dono de um dos sites que visitava com frequência e nos tornamos bons amigos".

"Eu já descobri isso. Você a descobriu como modelo lá também?"

"De fato. Mas isso é irrelevante neste caso. Como posso ajudá-lo?"

Bobby pegou seu caderno e folheou as páginas.

"Quando foi a ultima vez que você viu ela?" Suas anotações pareciam desordenadas enquanto ele procurava entre elas. "Oh sim, foi há cinco dias, não foi? Eu tenho uma nota aqui que diz que vocês dois tiveram uma discussão."

"Desculpe, não me lembro de ter discutido com ela. Onde exatamente?"

"Em uma boate, os Goblins. Eu investiguei esta manhã. Vocês dois ainda estão muito próximos?"

- Perto? Somos amigos, sim. Isso não foi uma discussão, inspetor. Simplesmente não concordamos, como parece que sempre fazemos. Ela não seguiu meu conselho de não conhecer uma determinada pessoa. Tenho que cuidar dos interesses deles, assim como seu bem estar ".

"Claro." Bobby sorriu. "Essa pessoa era um executivo de publicidade da Itália? Um certo Sr. Leonardo Biscas?"

"Sim. Não é uma boa jogada para sua carreira, na minha opinião. Mas ela idolatra aquele homem e pode ter havido algum interesse pessoal nessa reunião."

"Você já conheceu Biscas?"

"Em algumas ocasiões, sim. De fato, há muitos anos, uma das minhas modelos sofreu um infeliz acidente. Ela morreu. Leonardo Biscas estava namorando ela na época e estava envolvido em sua morte". Calvin apontou para um retrato na parede de uma garota de cabelos escuros. Bobby olhou para a imagem. "Ela foi um trunfo importante para nós. Foi uma perda triste e grande, como imagino que ela entenda."

"Muito bem. Quero dizer, a garota era muito bonita. Ela seria Jane Carrington?"

"Sim. Você se lembra dela?"

"Não." Bobby respondeu. "Por outro lado, todos parecem iguais para mim. Nunca segui a indústria da moda até agora. Pego todas essas revistas e elas parecem manequins ao vivo". Bobby tossiu, notando que Calvin não ficou muito impressionado com o comentário.

"Posso lhe perguntar uma coisa, inspetor? Você tem alguma idéia de como entrou nesse beco?" Calvin perguntou, permitindo uma mudança de assunto.

"Ainda não. Mas eu irei eventualmente."

"Você acha que Leonardo Biscas teve algo a ver com isso?"

"Interessante que eu mencionei. Você acha que eu poderia ter tido?"

"Porque eu deveria?"

"Eu pensei que poderia haver alguma razão para ..."

"Não. Foi apenas uma linha de pensamento." Calvin respondeu rapidamente.

Bobby assentiu e sorriu.

"A partir daqui, você tem uma bela vista das montanhas. Adoro a vista. Você escolheu deliberadamente este espaço de escritório por causa da vista?"

"Na verdade não. Existe mais alguma coisa com a qual eu possa ajudá-lo?"

"Você atendeu a senhorita Baldwin hoje à noite no hospital?"

"Sim. Ela está melhor comigo e eu providenciei que ela descanse em minha casa. O médico me disse que ela está recuperando sua memória. Infelizmente, ela está um pouco frustrada no momento. Confusa. Sua imaginação também está brincando com ela, mas eles me garantiram que é o que geralmente acontece quando as pessoas superam a amnésia."

"Claro. O pentatol de sódio tem esse efeito."

"Se isso acontecer".

"Bom. Agradeço seu tempo, Sr. Calvin."

Bobby se levantou e se inclinou para apertar sua mão novamente.

Calvin permaneceu sentado e apertou com mais força desta vez.

"Eu vou entrar em contato com você em breve."

"Sempre pronto para ajudar a lançar alguma luz sobre esta situação incomum."

"Espero que sim, Sr. Calvin. É uma situação muito incomum."

***

Bobby voltou ao seu escritório na sede principal da polícia da cidade.

Uma mesa, cadeira, dois armários e um terminal de computador eram tudo o que ele tinha em um cubículo dividido.

Ele queria fumar um cigarro, queria olhar para um maço em cima de um dos armários, mas uma voz disse: "Não se atreva!"

Bobby virou-se e viu seu parceiro, um jovem oficial de inteligência designado a ele nos últimos seis meses, com a oportunidade de demonstrar seu valor como investigador.

"Droga! Já faz quase seis horas agora." Bobby respondeu.

"Sua esposa não vai me agradecer se eu deixar você fazer isso", acrescentou o jovem oficial. "Além disso, você diz que foram seis horas. Mas quem sabe, você poderia ter fumado um maço inteiro enquanto estava fora."

"Carl, você tem que aprender a confiar em mim. Você encontrou alguma coisa?"

Carl gentilmente empurrou seu chefe para o lado e pegou o teclado do computador.

"Você vai adorar. Mesmo pelo conteúdo do pornô, se não por outra coisa."

"Você tem uma boa opinião sobre mim, parece-me."

"Sim, mas você parece um velho verde vestido como um policial."

Bobby acenou gentilmente com a orelha do parceiro mais jovem em resposta.

Então a tela ganhou vida com imagens de Bridget Baldwin.

"Aí está. Este site é antigo. Não é atualizado há pelo menos três anos."

As imagens eram de Bridget.

Ela posa em várias fotos nuas, quase pornográficas por natureza, mostrando claramente seus belos atributos íntimos.

Bobby sentou em uma cadeira rangendo e percorreu as fotos.

"Foi isso que ela fez antes de se tornar famosa?"

"Bem, não é nada mau. Boa aparência." Carl respondeu. "Essa é uma maneira de os modelos saírem por cima".

"Eu me pergunto por que ela não os tirou?"

"O site é de propriedade da Calvin Arte Creativo. É um site morto quando se trata de notícias, mas seu gerenciamento ainda está ativo, como você pode ver."

"E um site de acesso gratuito também?" Bobby perguntou.

"Sim. Eu estava vinculado a um site de bate-papo que agora foi descontinuado."

"Interessante! Carl, tire o resto do dia de folga."

"Por que eu não vejo você pegando um cigarro, você quer dizer?"

9.

Bridget mordeu um pedaço de pão e olhou em volta da mesa para os outros.

Calvin estava sentado à cabeceira da mesa, desempenhando seu papel de patriarca da família, com sua esposa, Gaby, ao seu lado.

O barulho de aço contra a porcelana nos pratos foi o único som ouvido quando a família comeu em completo silêncio.

As duas filhas adolescentes de Calvin se entreolharam e depois para Bridget como se estivessem escondendo um segredo.

Ela se sentiu deslocada, convidada a ficar contra seus desejos e forçando-se a fazer isso.

Desde que, em sua mente, ele sabia que havia outro lugar que ele precisava estar.

"Está tudo bem, Bridget?" Calvin perguntou, tomando um gole de vinho.

"Sim, obrigada. Não estou com muita fome." Ele respondeu com um sorriso.

As duas garotas riram e depois se calaram quando Calvin deu a elas um olhar severo.

"Eu acho que preciso ir para a cama."

"Cansado?" Eu pergunto.

"Você já passou por muita coisa." Gaby comentou. "Você deve estar exausta. Mas você pode descansar enquanto estiver aqui por alguns dias. Isso é muito calmo."

"Me perdoe." Bridget levantou-se da mesa e saiu.

Calvin sentiu o cheiro dela quando ela passou por ele, saboreando sua doçura e atormentando seus sentidos.

Ele ficou encantado ao saber que ela estava perto dele, agora sob seu teto e dividindo em casa.

Algo que ele sempre quis, já que ela não era apenas uma amiga, mas também alguém que ele admirava e amava desde que se conheceram.

Ela também era alguém com quem ele sonhava, fazendo amor com ela, mas ele nunca foi capaz de ter coragem de perguntar a ela.

Depois do jantar, Calvin pediu licença à família para deixar a mesa.

Ele subiu as velhas escadas de carvalho envernizado e foi para o quarto de hóspedes, batendo na porta silenciosamente.

"Adiante."

A resposta que ele queria e foi como um convite para o céu.

Ele entrou no quarto e encontrou Bridget deitada na cama olhando para o teto à luz suave da lâmpada de cabeceira.

O som calmante de uma ópera clássica tocava ao fundo.

Ele fechou a porta silenciosamente e sentou-se ao lado dele.

"Como se sente?" Eu pergunto.

"Me sinto bem." Bridget respondeu, sem alterar o olhar.

"Espero que você não se importe em convidar você para voltar aqui? Pensei que seria melhor. Posso fazer com que eles cuidem de você e a protejam." A mão dele tocou seu ombro, correndo ao longo da linha do vestido até o peito. "Você sabe o que eu sinto por você?"

"Sim." Ela afastou a mão e virou de lado, para longe dele. Ele se sentiu rejeitado. "Agradeço sua gentileza, mas você tem outros motivos."

Ele se levantou e caminhou até a porta, depois parou.

"Você sabe como me sinto por você. Não consigo parar de te amar. Você se sentiu da mesma maneira uma vez, mas mudou de idéia por algum motivo desconhecido. Gostaria de saber qual é esse motivo."

"Você me assusta", ela respondeu.

"Mas por quê? Eu nem fiz você fazer isso. Eu nunca machuquei você ou queria machucá-lo."

"Você é tão possessivo. Eu não gosto. Eu nunca gostei."

"Você significa muito para mim. Eu faria qualquer coisa por você. Qualquer coisa."

"Então deixe-me encontrar Leonardo."

"Você quer ir para a Itália? Porque é onde é agora."

"Eu não acredito em nenhum de vocês. Eu sei que ele ainda está aqui, naquela casa. Talvez em perigo."

"Você pode perguntar à polícia. Tenho certeza que eles revistaram a casa." Ele voltou para o lado dela. - Você precisa acreditar nisso. Eu verifiquei. Ele partiu hoje de manhã para Roma. Como posso fazer você acreditar nisso?

"Você não pode, ninguém pode. Só sei o que sei."

"Você ainda está se recuperando do que aconteceu. O homem a abandonou, deixando você morrer em um beco pelo que sabemos. O que acontece é que você não pode se acostumar com a ideia disso."

Bridget virou-se para olhá-lo.

Lágrimas escorriam por seu rosto, com mechas de cabelo pressionadas contra as bochechas e uma que Calvin foi tentada a remover gentilmente, mas não ousou por causa de sua possível rejeição.

"Querida, enviarei dois dos meus homens de manhã para verificar a casa. Prometo."

"Pode ser tarde demais para esse momento. Pode ser tarde demais mesmo agora."

"Querida, eu só posso fazer o que posso nessas circunstâncias. O médico disse que você teria esses flashbacks e que alguns deles nem seriam reais. Revisei a situação de Biscas e é tudo o que sabemos."

"Para mim, era real. Eu sei que era real."

"Talvez." Calvin sorriu e levantou a mão para tocar seu rosto. Bridget o observou e sentiu os dedos dele se moverem suavemente contra a pele molhada dela. "Eu te amo Bridget", ele sussurrou.

Ela estava atraída por ele.

Por dentro, ela também o amava, mas não fisicamente.

Seu amor por ele nasceu no momento em que ela permitiu que suas almas se tocassem pela Internet, através de seus terminais de computadores, separados por centenas de quilômetros.

Eles fizeram amor cem vezes de maneira tão terna e romântica.

Mas depois que eles se conheceram fisicamente, ela não pôde ser tão íntima.

Calvin ficou frustrado com isso porque ele realmente queria realizar seus desejos desesperados.

Tudo o que ele queria era realmente fazer amor com ela, tocá-la e saboreá-la como ele havia imaginado no passado e, mais do que tudo, senti-la perto dele.

Seus lábios se tocaram como antes.

O beijo foi apaixonado, mas Bridget o retirou.

"Não!" Ela se afastou, diminuindo a velocidade dele.

"O que acontece?" Eu pergunto. "Por que você continua fazendo isso comigo?"

Ela levantou a mão e a colocou nos lábios.

"Não posso". ela sussurrou, a paixão ainda correndo por ela, mas incapaz de completar a resposta que ela queria e ele tanto queria. "Eu ... eu ..."

"O quê? É porque você está na minha casa?"

"Não. Eu desapontei você. Eu quebrei minha promessa", respondeu ela.

"Promessa? Que promessa?"

Ela olhou para ele e ele começou a se afogar em seus incríveis olhos azuis, como sempre.

"Eu deixei Leonardo tirar minha virgindade", ela disse a ele.

Ele foi surpreendido.

Mas então essa promessa não era uma promessa que ele pensava ser real.

Ele duvidou, desde o início, de sua confissão de que ela não fora tocada.

"Isso não é importante. O importante é que agora estamos juntos."

Bridget se recostou e pegou a mão dele, colocando-a no peito.

Ele podia sentir a dureza do mamilo debaixo do vestido e seu coração começou a bater forte quando ela olhou para ele.

Sem hesitar, ele subiu em cima dela e continuou o beijo apaixonado que eles haviam iniciado anteriormente.

Bridget respondeu abraçando-o, puxando-o para mais perto.

A mão dele traçou o formato da cintura e dos quadris dela até encontrar a bainha do vestido e a carne quente da coxa dela.

Gentilmente, seus dedos sentiram aquele calor e suavidade enquanto se moviam sobre sua pele.

Ela podia sentir a profunda paixão em seu beijo e, de repente, ele atravessou a barreira da incerteza, agora ela queria que ele sentisse isso, se sentisse satisfeito com ela.

O beijo terminou e ela olhou para ele, passando os dedos pelos cabelos com as duas mãos.

Ela queria devorá-lo e consumi-lo.

O toque de seus dedos em sua virilha causou cócegas nas costas que lhe disseram que estava tudo bem e que não havia como parar o que poderia acontecer.

Calvin puxou sua calcinha com as duas mãos, puxando-as de suas pernas macias e colocando-as de lado.

O doce aroma de seu sexo atingiu suas narinas quando ele olhou para seu monte cuidadosamente aparado.

Ela assistiu e esperou até que ele abriu mais as pernas, e lentamente abaixou a cabeça entre elas.

A sensação de sua respiração contra ela a fez cair cada vez mais fundo em seus desejos apaixonados.

Esse momento certamente chegara, com o qual ele sonhara tantas vezes.

Seus lábios vaginais se separaram, forçados a abrir suavemente pelo calor e ainda a umidade fria da língua.

Os sentimentos dela começaram a aumentar.

Ele a lambeu e a empurrou com vigor gentil, testando-a e acariciando seu clitóris com a língua, puxando-a para mais perto dele enquanto ele gritava por mais.

O clitóris era uma das partes mais sensíveis de seu corpo.

Dentro de alguns minutos, ela começou a perceber como seu orgasmo chegava sem a possibilidade de frear.

Calvin não conseguiu parar de gritar de êxtase enquanto apertava o edredom com os dedos.

Havia o perigo de que sua família a ouvisse gritar, alertando-os.

"Querida ... por ... por ..."

Ele a pegou e a abraçou e a abraçou com força.

"Shhhhhhh ... por favor"

Ela começou a se acalmar, voltando ao normal, ouvindo a voz dele sussurrando.

"Burt ... me escute" Ele ofegou em seu ouvido. "Estou esperando há tanto tempo por isso ..."

"Eu sei. Prometo que voltarei mais tarde. Agora é muito arriscado. Tenho que ir. Gaby e as meninas vão se perguntar onde eu estou. Nós dois nos empolgamos."

Bridget se inclinou para trás e olhou para ele.

Quando o dedo dele deslizou sobre os lábios dela, ela o mordeu e chupou-o de brincadeira.

"Eu estarei esperando", ela sussurrou.

Seu corpo formigava, cada terminação nervosa era hipersensível aos seus toques, à sua própria presença.

Mais tarde, ele não pôde chegar em breve, pois não estavam sozinhos em casa e sua família ameaçava sua privacidade e, embora ele desejasse estar lá, ele tinha algo mais importante em mente.

* * *

Bobby recostou-se na cadeira e olhou para o maço de cigarros em cima da mesa.

A tentação foi grande, mas sua força de vontade era mais forte.

Ela parou de olhar para ele, abriu o arquivo do caso e pegou o fax que alguém lhe passara naquela tarde.

Ele leu pela enésima vez tentando entender o que estava dizendo.

"Harris, Biscas e Andreotti estão seguros e bem, mas não para sempre. A ação não acabou e ela planeja ir mais longe com isso. Gostaria de nunca ter posto os olhos nela."

O fax foi enviado anonimamente usando um escritório de comunicações públicas da cidade.

A única coisa que identificou o remetente foi a assinatura "Poderoso", mas isso não significava nada para Bobby.

Ele olhou para o relógio e decidiu que era hora de terminar o dia.

Apagou a lâmpada no canto da mesa e deu uma última olhada no tentador maço de cigarros.

* * *

No estacionamento de vários andares, Bobby estava prestes a abrir a porta do carro quando uma limusine preta parou ao lado dele.

A janela se abriu.

"Inspetor?"

Bobby olhou na direção da limusine e dirigiu o olhar para o motorista.

"Você tem cinco minutos?"

"Eu estava indo para casa. Mas posso levar mais cinco minutos, é claro."

"Então entre."

Bobby caminhou lentamente pela limusine até o banco do passageiro e entrou.

O motorista rangeu os dentes e entregou a Bobby um pequeno envelope branco.

"Isso é para você. E algo mais que preciso lhe contar."

"É quente."

"Biscas ainda está vivo e bem, mas ele não está em Florença ou Roma. É tudo o que posso dizer a ele."

"E quem é você, se posso perguntar?" Bobby perguntou.

"Isso não é importante. Sou apenas um benfeitor."

O motorista acendeu dois cigarros e entregou um deles ao inspetor.

"Vamos, pegue. Parece que você precisa. Eu posso sentir esse desejo em você."

Bobby pegou enquanto o motorista ria.

"Eu tentei louco uma vez, mas nunca tive força de vontade para desistir."

Bobby chupou e saboreou o sabor da fumaça.

"Veja, isso é bom, hein?"

"Claro. Mas ainda preciso saber quem é o benfeitor."

"Como eu disse, isso não é importante. E outra coisa ..."

"Vá em frente, me surpreenda de novo, o que mais?"

"Não vá checar o registro neste veículo, porque ele não tem um." O motorista riu. "Vamos apenas dizer que o que está nesse envelope é tudo o que você precisa para continuar. Tenha uma boa tarde, inspetor."

Assim que Bobby saiu da limusine, ela se afastou, pneus cantando ao longo do piso de concreto até desaparecer em direção ao nível mais baixo do estacionamento.

Bobby olhou para o envelope e o abriu.

Um pingente com um coração de ouro e uma corrente caiu em sua mão.

Gravadas nele, estavam as palavras: "Para Jane, com amor, Leonardo".

Bobby pegou e sorriu para si mesmo, saboreando o resíduo de nicotina final do cigarro.

10.

Calvin se aproximou de sua esposa por trás, abraçando-a com força enquanto lavava a louça, ele lhe deu um beijo suave na bochecha.

"Você está bem, querida?"

Ela se virou e se aconchegou em seu rosto, retornando o gesto de amor.

"O que é isso?" ela perguntou.

"O que?"

Ela detectou algo que era familiar, um cheiro que a lembrava de algo.

O cheiro do sexo tinha que ser impossível e ela rapidamente descartou o pensamento.

Calvin percebeu o que havia notado e se afastou gentilmente.

"Deve ser o bisque de lagosta. Foi delicioso, querida."

"Bem, então, você pode me ajudar a guardar esses pratos ou fazer algo para consertar a máquina de lavar louça o mais rápido possível."

"Ah! E onde estão as garotas quando você precisar delas?" ele perguntou brincando. "Eles sempre parecem desaparecer quando há trabalho a ser feito."

"Como está o nosso convidado, a propósito?" Gaby perguntou.

"Dormindo. A melhor maneira de se recuperar."

"Você gosta muito dele, não gosta?"

"Penso no bem-estar dele, sim. Ele é um dos meus maiores bens, não se esqueça."

"E muito bonita." Gaby se aproximou dele e colocou os braços em volta da cintura dele.

Calvin riu.

"Eu notei. Mas você é o único para mim. Você pode acreditar em mim."

***

Bridget abriu levemente a porta do quarto para ouvir a atividade no resto da casa.

Tudo parecia calmo.

Ele saiu para o patamar e foi ao banheiro.

"Oi está bem?" disse uma voz atrás dela.

Ele não tinha percebido que Susan, uma das filhas de Calvin, estava parada no patamar.

"Eu estou bem. Só vou tomar um banho rápido." Bridget respondeu.

"Posso te perguntar uma coisa?"

"Claro."

"Como é ser uma supermodelo?" Bridget olhou para Susan e sorriu. Seus cabelos dourados desarrumados caíam sobre seus ombros, emoldurando seu olhar angelical. Ela se parecia muito com Burt, pensou Bridget. "É um trabalho árduo. Nem sempre é tão fascinante quanto algumas pessoas pensam."

"Espero que você entenda que não é que eu queira ser modelo. Acho que é degradante".

"Bem, sim e não. Entendo seu ponto de vista, mas é muito necessário que a indústria da moda tenha modelos masculinos e femininos para exibir roupas e maquiagem ..."

"Sim, mas para mostrar a você nua e tudo mais. Seus peitos e sua boceta em exibição"

"Bem, realmente não é."

"Mas você conseguiu".

Bridget parou para pensar. "Como sabe isso?"

"Papai tem muitas fotos nuas de você. Ele as esconde da mamãe. Eu as vi em seu gabinete secreto."

"Você fez isso?"

"Sim. Eu sei como entrar em sua mesa, em seu gabinete secreto."

"Ele sabe?"

"Você diria a ele que eu te contei?" Susan sorriu. "Você não me incomodaria, não é? Porque se o fizesse, eu teria que contar à mamãe tudo sobre você e seu pai."

"Diga a ela o que, Susan?" Bridget cruzou os braços, começando a ficar com raiva, mas tentou escondê-lo. Não havia dúvida de que Susan havia planejado esse pequeno encontro com alguma intenção maliciosa. "O que exatamente você sabe?"

"Eu sei que ele te ama."

Bridget riu.

"Susan, isso não é uma coisa secreta. Seu pai conhece muitas mulheres que ele finge amar".

"Isso não é fingimento. Ele realmente ama você. Eu li o diário dele. Ele escreveu que, se pudesse, deixaria a mãe e pedia que você fosse sua esposa."

Mais uma vez, Bridget parou para pensar.

Era tão desconcertante imaginar que Burt deixaria essa informação ao alcance de seus próprios filhos para coletar tão facilmente.

Ela levantou um sorriso em resposta.

"Você o ama Bridget?"

"Isso não é do seu interesse." Bridget virou-se e continuou em direção ao banheiro.

"Mas isso incomodaria a mãe se ela descobrisse."

"Então não conte a ele."

Ela fechou a porta do banheiro atrás dela e esperou, ouvindo um pouco para ver se Susan estava circulando do lado de fora no patamar.

Então ela levantou o vestido para remover o pequeno telefone celular de seu discreto esconderijo na calcinha.

Ela digitou um número e esperou que ele respondesse.

Sem resposta.

O telefone que ele tentou entrar em contato estava offline.

"Maldita seja!"

Ele tentou outro número.

Desta vez eles responderam.

"Alô? Jacky?"

"Não. Quem é?" A voz respondeu.

"Thomas? É você?"

"Claro que sou eu. Senhorita Bridget, por que você está me ligando?"

"Eu preciso saber o que está acontecendo? Leonardo ainda está lá?"

"Quem é Leonardo? Você quer falar com a senhorita Jacky?"

"Thomas, me escute. Eu sei o que aconteceu, eu não sou burra. Então, por favor, não tente entender que eu sou algum tipo de idiota. Leonardo está bem?"

"Senhorita, eu não entendo. Quem é Leonardo? Eu não sei de quem ele está falando e a senhorita Jacky está muito ocupada agora."

Bridget estendeu o telefone com as duas mãos no comprimento do braço e rosnou, depois o levou ao ouvido novamente.

"Ok, jogue esse jogo estúpido, se necessário, mas eu vou me recuperar, eu juro."

Ele desconectou e rosnou novamente, atingindo a parede em frustração.

Houve uma batida na porta.

"Você está bem, senhorita?" Perguntou a voz a um dos guardas.

"Sim, eu vou tomar um banho."

"Eu pensei ter ouvido vozes."

"Eu estava a cantar."

"Quando ele estiver livre, temos que conversar."

"Sim, vamos. Acho que você precisa saber de uma coisa."

* * *

O motorista voltou para casa e entrou pelas portas da frente.

Um dos guarda-costas estava esperando.

O motorista olhou para ele.

"O que você esta olhando?" Ele perguntou, depois caminhou até a sala com as mãos enfiadas nos bolsos da calça.

O guarda-costas simplesmente sorriu e o viu entrar.

"Entre Andy." Jacky disse. "Espero que você tenha entregue minha mensagem."

Ela estava vestida com uma saia justa de couro vermelho e uma camisola combinando, o cabelo preso em um longo rabo de cavalo que caía pelas costas.

Ele atravessou o chão de ladrilhos para seu fiel motorista e lhe entregou uma taça de vinho tinto.

"Sim, eu dei a ele a mensagem."

Andy pegou o copo e olhou para ela.

Ela prometeu a ele um presente especial naquela noite e ele sabia pela maneira como ela se vestira que a promessa estava flutuando no ar.

Ele nunca teve a oportunidade de ficar sozinho com seu chefe.

Ela olhou para ele e lhe enviou um sorriso sedutor.

"Bom garoto. Acho que é hora de brincar."

Andy bebeu o vinho enquanto os dedos dela lentamente abaixavam o zíper da calça.

"Você quer jogar, não é, Andy? É sua recompensa, seu bônus por um trabalho bem feito."

"Claro." Ele sorriu e colocou o copo na mesa ao lado dele e Jacky colocou a mão dentro da abertura aberta, sentindo seu pênis já duro. "Não podemos usar o seu quarto para isso, senhorita?"

"Porque você é tímido?" Thomas estava parado junto à porta e observando. "Isso o deixa nervoso, Andy?"

"Sim, você poderia dizer isso."

"Mmmm ... parece que você está gostando dos meus toques suaves. Você gosta disso, Andy? Aposto que Thomas está ficando animado também."

Ele olhou para o criado.

Thomas permaneceu imóvel e sem expressão.

Jacky pegou Andy pela mão e o levou à cadeira.

Ela sentou-se e puxou-o até a cintura, sorrindo para ele enquanto ele soltava o cinto e abaixava a calça lentamente.

"Você está pronto para isso?" ela perguntou.

Então, lentamente, ela tirou o short dele, liberando sua masculinidade.

Ele apontou, duro e latejante para o rosto dela.

"Espero que você me dê o que eu preciso."

Ela o acariciou, passando os dedos ao redor dele e puxando o prepúcio para revelar sua cabeça apetitosa.

Então ela tomou na boca, testando-a sensualmente com a língua e lambendo suavemente sob a glande inchada.

Andy soltou um suspiro agradecido, pois a ação o aqueceu ainda mais.

Ela levou cada vez mais fundo em sua boca até que ele foi quase completamente devorado, segurando seu escroto e apertando-o como se estivesse purificando seus testículos para cada gota de sêmen que ele pudesse reunir.

Seus suspiros se transformaram em gemidos repetidos, que pareciam acompanhar as ações dela.

Carregar e sair devagar.

Andy estendeu a mão e segurou os ombros dela enquanto movia os quadris, seu impulso perfeitamente sincronizado com o ritmo, até que ele gritou livre, deixando suas cargas fluírem na boca dela.

Jacky engoliu cada gota quando seu esperma quente inundou o fundo de sua garganta ansiosa.

Ela lambeu limpo e sorriu.

"Muito obrigado senhorita, foi muito bom."

"Descanse agora. Preciso de você para outro trabalho muito importante pela manhã."

Andy puxou as calças e as ajustou para sair da sala.

Ele passou por Thomas na porta e perguntou.

"Você gostou de nos assistir?" Thomas sorriu e depois foi em direção a Jacky.

"Senhorita. Você recebeu uma ligação mais cedo."

"Ah sim?" Jacky limpou lentamente o rosto com um guardanapo macio. "Quem devo ou não perguntar?"

"Da senhorita Bridget. Ela pediu o Sr. Leonardo. Então eu disse a ela o que ela ordenou que eu contasse."

"Isso é bom. E ela tinha algo a dizer?"

"Sim. Que ela estava se recuperando."

Jacky sorriu e se levantou da cadeira, ajeitando a saia.

"Bem, eu me pergunto o que você tem em mente"

Ele caminhou em direção à porta lentamente, com o rabo de cavalo balançando de um lado para o outro nas costas.

"Siga-me, Thomas, preciso de sua ajuda na masmorra e tenho uma agradável surpresa para você."

Thomas sorriu e a seguiu, seus olhos firmemente fixos nos quadris dela balançando enquanto ele caminhava.

* * *

Os olhos de Bridget começaram a se fechar.

O suave concerto de violino de Stravinski que ela estava ouvindo a relaxou enquanto estava deitada nua, mas coberta na cama.

Era tarde e a visita prometida de Calvin parecia que isso nunca iria acontecer até que a batida suave na porta a sacudisse.

Calvin entrou silenciosamente e na penumbra da lâmpada ele podia vê-lo.

Ele sentou ao seu lado.

"Você estava dormindo?"

"Quase. Pensei que você tivesse esquecido."

"Eu tive que esperar até que Gaby estivesse dormindo profundamente". Ele passou os dedos pelo rosto dela. "Você não sabe como me sinto neste momento. Eu te amo muito."

"Você está tremendo."

"Sim, com entusiasmo. É o meu maior sonho realizado."

Bridget pegou o pulso dela e se levantou.

O cobertor que a cobria escorregou, revelando seus seios firmes que pareciam muito mais perfeitos à luz da lâmpada.

"Então, o que era tão urgente? Você disse que precisava falar?"

"Eu esperava que você se juntasse a nós, para que eu pudesse garantir a Gaby."

"Garantir a ele o que?"

"Que éramos apenas amigos. Eu não preciso dela pensando que você e eu ..."

"Pare!" Bridget afastou a mão. "Você deliberadamente contaria mentiras para ela enquanto eu estou aqui?"

"Sim porque não?"

Bridget odiava ser uma mentirosa e, principalmente, odiava mais quando alguém a arrastava para suas armadilhas enganosas.

Calvin tentou abraçá-la novamente, mas ela estremeceu, segurando o cobertor perto dela novamente.

"Querida, qual é o problema?" Eu pergunto.

"Está errado. Tudo não parece certo."

"Que queres dizer?"

"Antes ..." Bridget explicou sua conversa com Susan antes. "Você sabia que ela poderia entrar na sua mesa?" Calvin levantou-se e encostou-se na parede pensando. "Bem, você sabia?"

"Maldita seja!" ele sussurrou alto com raiva. "Não, eu não sabia".

"Então você pensou que era tudo secreto? Bem, pense novamente, Burt."

"Sinto muito, Bridget. Sou completamente estúpida e boba. Nunca percebi que Susan estava entrando na minha mesa. Mas agora que ela suspeita disso, sei o que qualquer coisa fará para salvar nosso casamento."

"Você precisa?"

"Sim. Mas isso não é para você e eu, ou o que eu sinto por você. Isso é algo que vem acontecendo há anos. Sinto muito."

Calvin abriu a porta para sair.

"Esperar!" Ela perguntou a ele. "Preciso perguntar-te algo." Calvin ficou parado por um tempo, depois se virou para fechar a porta silenciosamente. "Eu preciso de algumas respostas e sei que você as tem."

"O que seja."

"Você tem algo a ver com tudo isso? Com Jacky?"

"Se eu lhe contar o que sei, preciso que você me mantenha fora disso. Você entende?"

"Sim, você tem minha palavra."

Calvin sentou-se na cama e explicou: "Eu sabia que você e Leonardo haviam combinado de nos encontrar. Então recebi uma ligação de Jacky. Ela me disse quem era e que vocês dois haviam conversado com ela e que ela havia feito planos. E eu odiava. Leonardo, porque eu sabia o que você sentia por ele. Sempre soube que você tinha esse desejo de conhecê-lo. Sempre soube que um dia ele viria e roubaria você.

"E o Jacky?"

"Ela me pediu para nos encontrar para conversarmos. Fizemos isso e eu pensei que todo o seu plano era louco. Ela me contou tudo. Eu não podia acreditar que você aceitasse esse plano para assassinar Andreotti e Leonardo. Não fazia sentido. "Pensei que você tivesse admirado os dois. Então tentei impedi-lo, não apenas porque estava com ciúmes, mas também porque sabia que Jacky estava usando você. Isso é tudo que sei. A próxima coisa que sei aconteceu, e você ficou inconsciente naquele beco."

"Você sabia sobre Jane também, não sabia?"

"Sim, isso foi anos atrás, antes de ela morrer." Calvin respondeu.

"Conte-me sobre isso"

"O que exatamente você quer saber, Bridget?"

"Como Jane foi? Quero dizer, o que ela realmente estava fazendo?"

"Você quer dizer os hábitos dele e essa relação com Leonardo?" Bridget assentiu para ele continuar; "Jane foi uma das minhas primeiras modelos. Como você, eu a admirava muito e, novamente, como você, Leonardo estava em cena. Ele a conquistou, mas de certa forma fiquei feliz por ele ter. Ele tinha esses hábitos estranhos de querer ser tornou-se um fato quando ela me pediu para criar um site para ela. Fiquei surpreso com o que ela fez. Nunca pensei que alguém tão bonito quanto ela pudesse estar interessado nesse tipo de coisa. "

"E Leonardo?"

"Na época, ele estava apenas desenvolvendo seus negócios. Eu estava ajudando-o com alguns contatos e foi assim que ele e Jane se conheceram. Seu passado o intrigou e como ela entrou nas coisas que ele fez. Leonardo estava curioso e com fome de descobrir." sobre essas coisas também. Muitas vezes me perguntei se ele também estava envolvido em sexo extremo e acabou que sim. "

"O que aconteceu?"

"Eu os ajudei a fazer um filme, organizei as sessões de fotos. Depois, o acidente aconteceu e seus pais me pediram para remover o site e interromper a distribuição de vídeos. Depois, descobri que Leonardo estava envolvido em sua morte e foi pouco absolvido. Mais tarde. Mas soube que a irmã de Jane também foi interrogada. Acontece que ela estava enviando ameaças de morte a Leonardo. "

"Você não pensou nisso quando ela entrou em contato com você?"

"É claro que sim. Foi por isso que pensei que era tudo loucura. Mas espere, Bridget, você estava com ela nesse plano. Fiquei surpreso ao pensar que você poderia fazer algo assim. Eu queria protegê-lo."

11.

A masmorra estava fria e silenciosa e Leonardo podia sentir seus punhos cravados nos pulsos toda vez que se movia.

Ele não conseguia falar e o único som que conseguiu emitir foi gemidos abafados dentro da máscara de borracha que cobria toda a cabeça, a boca fechada.

Ele estava frio e nu, e fora forçado a permanecer suspenso pelos pulsos das correntes que o mantinham nessa posição por dias.

Ele começou a perder a noção do tempo e o sono vinha apenas em pequenos cochilos, sendo cuidado de vez em quando por um dos guarda-costas, sendo alimentado, mangueirado e liberando a bexiga em um balde quando o guarda o permitia. .

Jacky entrou na masmorra, seguido por Thomas.

Leonardo a observou caminhar em sua direção.

Ele gemeu algumas palavras ininteligíveis enquanto ela estava diante dele, passando as unhas sobre a pele do peito dele.

"E como está minha convidada hoje? Sendo bom, espero", ela perguntou. Leonardo puxou os punhos, mas doeu. Ele já tinha abrasões que machucavam e sangravam os pulsos. "Você já está pronta para brincar comigo?" Ela começou a tentá-lo novamente, tocando seu membro mole. "Oh Leonardo, eu sei que você pode fazer melhor que isso. Olhe para ele, ele é tão patético." Os olhos dele a olharam através das fendas da máscara e ela sorriu de volta, depois lambeu os lábios sensualmente. Ele começou a gemer ainda mais alto em frustração e ela riu dele. "Eu vou deixar você procurar por um momento, Leonardo. Eu poderia colocar você de bom humor."

Ela caminhou até a mesa de operação fria, lentamente removendo a saia.

Thomas olhou para ela.

"Você sabe o que eu vou deixar você, Thomas?"

"Não senhora."

"Você vai gostar do que eu vou deixar você Thomas fazer."

A saia caiu no chão e ela a tirou dos pés.

Ela usava uma tanga preta apertada, que a abraçava com força.

"Podemos mostrar ao nosso convidado o quanto nós dois gostamos de tocar".

Ele se sentou à mesa, levantou as pernas e apoiou os tornozelos firmemente nos estribos deitados de costas.

"Thomas, você sabe o que fazer agora. Então faça!"

Thomas tirou a jaqueta e arregaçou as mangas da camisa.

Então ela puxou a calcinha de Jacky para baixo, puxando-a para longe de sua virilha, expondo seu sexo.

Leonardo não se encolheu quando Thomas se inclinou contra a mesa e passou a língua contra os órgãos genitais abertos dela, separando suas coxas.

Ela podia sentir a língua dele degustando-a, bebendo seus sucos quentes na boca e chupando seu clitóris sensível.

"Ooooh, sim! Thomas, você está muito bem, mmm ... por favor, não pare."

E Thomas não queria parar.

Gentilmente, ele a deixou em êxtase orgásmico enquanto se agarrava à beira da mesa, empurrando a virilha para mais perto dele enquanto o orgasmo se aproximava cada vez mais do seu pico.

Ela implorou para que ele não parasse até que ele finalmente viesse, gritando de prazer.

* * *

Bridget fez sua mala rapidamente enquanto Calvin a observava.

"Onde você pensa que está indo a essa hora?" Eu pergunto.

Ele colocou as mãos na cintura nua dela gentilmente e ela ficou em silêncio, sentindo as mãos dele a acariciando.

"Bridget, eu ainda posso protegê-lo de tudo isso. Confie em mim."

"Como? Você mesmo disse, eu sou tão louco quanto Jacky." Ela se virou para ele e o olhou nos olhos. "Eu nem sei por que eu entrei nisso. Eu fui estúpido."

"Acontece. Entendo por que você queria Andreotti morto. Foi vingança."

"Exatamente. Eu sou tão louco, assim como Jacky."

"Não, você não é." Ele estendeu a mão e gentilmente segurou os braços dela. "Ela é louca e muito perigosa. Você ainda está sofrendo com seu pai pelo que eu suspeito, e a dor pode fazer você ficar selvagem por dentro. Bridget, por favor, me escute, eu posso ajudá-lo."

Ela foi atraída por ele.

Os lábios dele se aproximaram dos dela até que se fecharam em um beijo, ficando apaixonados até que ela se deixou levar pelos braços dele.

Era tão bom e enquanto ele estava lá, ela estava segura.

Ela o queria tanto, mas havia um aborrecimento em sua cabeça que dizia que era errado estar lá e sentir o que estava sentindo.

Ela parou de beijá-lo e se afastou.

"Não, pare com isso, Burt. Eu não posso me envolver, por mais que eu queira. Eu tenho que ir."

"Não, não faça isso! Ouça-me!"

"Burt, eu tenho que ir."

"Eu não vou deixar você ir!" Ele a rolou na cama e a prendeu ao corpo. Ela se resignou a ele, seus sentimentos incapazes de resistir à força dele. "Eu não me importo com mais nada, Bridget. Eu te amo!"

Ela se recostou e o sentiu abrir as coxas.

Sua mente estava agitada, pensando na bagunça que ela criara, confusa com todos os tipos de pensamentos e agora com suas emoções em confusão.

Então ele a empurrou para ele, abrindo seu sexo e enchendo-a com a dureza de seu pau.

O impacto de sua rigidez a deixou sem fôlego e ela olhou para ele, segurando a cama com força.

"Não me machuque", ele sussurrou em voz alta.

"Eu não quero te machucar, querida. Eu não quero te machucar. Eu te amo tanto que faria qualquer coisa por você."

Bridget recuperou os sentidos e sentiu sua ternura.

Ela começou a relaxar.

Ele beijou o pescoço dela, acariciando seus cabelos com a mão e tudo parecia tão seguro e tão bom novamente.

Ela o abraçou e o agarrou pelos ombros quando ele começou a entrar e sair devagar e com total afeto.

Agora ela tinha e não queria que parasse.

"Eu amo você, Burt", ela sussurrou.

Bridget puxou-o em sua direção e sentiu cada impulso de sua dureza fazendo seu corpo tremer de desejo.

Ela o sentiu tremer e, em seguida, um fluxo quente dentro dela disse que ela correra.

Houve um breve silêncio e ele olhou para ela, acariciando seu rosto.

"Desculpe. Eu não consegui me conter." Calvin pediu desculpas e sorriu para ele.

"Está bem."

"Você quis dizer o que disse? Você realmente me ama?"

"Eu não tenho certeza."

Ela não tinha certeza.

Qual foi a diferença entre luxúria e amor verdadeiro?

Ela sabia que o que sentia por Calvin era uma espécie de proximidade e admiração por ele.

Ela sempre se perguntava como seria fazer amor com ela e, de certa forma, esses mesmos sentimentos se aplicavam a Leonardo também.

Mas isso não era nada comparado ao amor que ela sentira por seu pai.

Não havia apenas admiração, mas também a sensação de que ela era parte dele e nunca quis fazer sexo com ele, exceto em sua imaginação mais selvagem que ele sabia que era proibido.

Mas como era essa coisa chamada amor?

"Você está pensando. O que você está pensando?" Eu pergunto.

"Amor. Ainda não entendo o que realmente é."

"Mas você deve sentir alguma coisa, certo?"

"Eu faço. Mas ..."

"O quê? Diga-me como você se sente?"

"Não posso. Não sei como explicar."

Calvin sentou-se ao lado da cama e escovou o cabelo com a mão.

"Desculpe Bridget. Eu confundi você, não foi?"

"Que queres dizer?"

"Todo o tempo eu te forcei. Você nunca quis me amar. Era você."

Bridget se recostou e pensou no que ela havia dito.

Burt era um homem incrivelmente bonito e percebeu que desde o primeiro dia o viu.

O que ela realmente sentia naquele momento não passava de luxúria e desejo de tê-la.

Quando eles finalmente se conheceram, as coisas começaram a parecer diferentes para ela.

Ela só queria fazer amor com ele profundamente em suas fantasias, mas ela realmente não estava pronta para isso.

"Acho que nunca te amei de verdade nesse caso", disse ela. "Eu só queria você. O que eu senti não era o mesmo que você sentiu por mim."

"Eu sabia." Calvin levantou-se e olhou para ela. "Não me amas".

"Não." Bridget desviou a cabeça do olhar dele e esperou que ele saísse da sala em silêncio.

* * *

Jacky libertou o convidado de seus punhos e ele caiu de joelhos, desatando sua máscara.

Ela o viu balançar a cabeça quando olhou para ela enquanto o suor escorria de sua testa e a barba cinza que adornava seu rosto o fazia parecer muito atraente de uma maneira áspera.

"Sua puta", ele murmurou. Havia angústia em seu olhar.

"Adoro quando um homem fica bravo. Você está bravo comigo, Leonardo?"

"Por que você está fazendo isso? E o que você fez com Bridget? Se você a machucou, eu juro que vou te matar."

"Não se preocupe, ela está segura." Ela estendeu a mão, segurando o cabelo dele na mão e empurrando a cabeça contra o monte pubiano. Ela podia sentir a respiração dele respirando seu perfume. "Você gosta deste Leonardo? Você está pronto para brincar comigo?"

"Você é louco, totalmente louco. Com isso, você não vai me conquistar."

"Então talvez eu deva torturá-lo ainda mais."

Leonardo estava começando a recuperar suas forças e afastou a mão.

Ele se levantou devagar e olhou para ela.

"Diga-me uma coisa. O que você fez com Bridget?" Jacky olhou para ele e sorriu. "Conte-me!"

"Ela está viva e bem. Eu a deixei ir. Além disso, ela não era muito divertida de qualquer maneira. Eu queria que você fosse só por mim. Ser capaz de ter você como Jane uma vez teve você por si mesma."

"Então é disso que se trata? Você estava com ciúmes?"

"Ela tinha tudo."

"E você se sentiu deixado de fora? Não, Jacky?"

"Talvez."

Ela continuou sorrindo, uma certa obsessão em seus olhos dizendo tudo agora.

Todo esse jogo era sobre inveja e não apenas uma maneira cruel de se vingar da morte de sua irmã.

Ele queria agarrá-la pelo pescoço, as marcas desaparecendo em seu pescoço, onde o chicote a atingira alguns dias antes, e estrangulá-la.

Mas então Leonardo percebeu que ele não era esse tipo de homem.

Ele precisava de mais do que a tortura que havia sofrido até agora para levá-lo tão longe.

"Jacky, você tem que parar com isso agora. Termine e me deixe ir."

"Não." Ela balançou a cabeça. "Brinque comigo. Faça o que você fez com Jane, só agora faça comigo." Ela passa os dedos levemente sobre o peito dele, tocando delicadamente o mamilo. "Eu quero que você me faça sentir a dor."

"Não. Isso é passado agora. Eu nunca quis fazer essas coisas de qualquer maneira."

"Então por que você fez isso?"

"Ela me fez fazer isso. E porque eu a amava, eu fiz."

"Que queres dizer?" Seu sorriso diminuiu, substituído por um olhar de curiosidade, como se o que ele dissesse não fizesse sentido.

"Sim Jacky, eu fiz isso porque a amava."

"Não!"

"É verdade. Veja bem, eu não posso fazer isso com você, porque eu não te amo como amei com sua irmã. Agora, o que você vai fazer?"

"Não!" Jacky deu um passo atrás e olhou para ele, se repetindo. "Você não machuca alguém se você os ama."

"Sim, você faz. Como o amor verdadeiro é tão forte, você fará qualquer coisa por essa pessoa que ama. Você vai machucá-la, se ela quiser."

"Então me machuque porque você me odeia!"

"Não! Eu sei por que você está fazendo isso, Jacky. Porque você estava com ciúmes de Jane. Admita. Você aprendeu a me odiar porque não podia me ter como ela e depois pensou que eu a matei, alimentando esse ódio que você ainda sente agora."

Leonardo a pegou nos braços e Jacky o olhou nos olhos.

"Então deixe-me te amar como ela amava", ele perguntou, quase um sussurro quando seus lábios se aproximaram dos dele.

"Não. Isso não é possível. Eu nunca posso amar você como a amava."

"Porque não?"

"Você não é a mesma pessoa que ela. Você nunca poderá substituir Jane."

"Mas você ama Bridget. Por que não eu?" Jacky foi embora. "Olhe para mim! Eu não sou bonita como ela?"

"Se você é linda." Leonardo tocou seu peito com o punho fechado. "Mas eu não tenho nada aqui para você. Você entende isso?"

Leonardo notou seus olhos se encherem de lágrimas quando ela olhou para ele.

12.

Jacky caiu de joelhos e passou os braços em volta das panturrilhas de Leonardo, abraçando e implorando por seu perdão.

Foi uma mudança repentina de comportamento em relação aos momentos anteriores que Leonardo ficou chocado.

"Eu te imploro, Leonardo, por favor, diga que me ama, por favor", ele gritou. Ela levantou a cabeça para olhá-lo, os olhos vidrados de lágrimas. "Eu preciso que você me ame. Sinta o mesmo amor que você deu a Jane."

Leonardo se abaixou e a levantou, segurando-a nos braços.

"Jacky, você está decepcionado, mesmo depois de todos esses anos. Leva tempo para amar alguém. Você é apenas um estranho para mim. Deixe-me ir agora."

Thomas observou o casal, percebendo coisas que nunca havia notado antes sobre sua amante e chefe nessa conversa que acabara de testemunhar.

As coisas começaram a convergir em sua mente, reunindo os fatos e a história de seu amante como um quebra-cabeça ao longo dos anos em que a conhecera.

Ela era rica e um tanto poderosa, uma empresária, e desfrutava de seus desvios sexuais da norma tanto quanto ele gostava de fazer parte deles.

Para Thomas, vítima do nanismo, o sexo não era algo fácil de conseguir no mundo normal.

"Vá embora, Leonardo. É óbvio que perdi meu tempo com você." Jacky se afastou dele. "Você nunca vai me amar como amava Jane. Não faz sentido tentar fazer você me amar."

"Jacky, eu entendo o que você está tentando fazer. Mas as coisas não funcionam assim", explicou Leonardo. "Eu nem tenho certeza se amo Bridget. Só o tempo vai me dizer."

Ele estendeu a mão para tocar seu rosto, mas ela o afastou.

"Não me toque. Apenas me deixe em paz."

"Então me diga uma coisa, Jacky? Onde está Bridget? O que você fez com ela?"

* * *

Bobby Harris vasculhou as ruas secundárias do antigo centro da cidade, através de mercados que vendiam bugigangas e livros antigos em bancas abertas.

Era um lugar que atraía cultos entre cidadãos e estudantes, enchendo bares de vinho que serviam a um mundo que escapava às normas da vida cotidiana.

Ele ligou para um número no celular.

"Carl? Estou aqui, mas não consigo encontrar o lugar que estou procurando, há tantas pequenas lojas e bares que é incrível."

Para ser policial, ele estava extraordinariamente perdido em uma área da cidade que raramente visitava.

Carl deu-lhe mais instruções por telefone e, com essa ajuda, Bobby continuou andando pelos muitos becos até que finalmente encontrou o que procurava.

Localizado entre duas padarias, seu alvo foi encontrado.

Empório de delícias sexuais da senhorita Jacky.

Uma pequena loja com imagens em tamanho real da própria Jacky posando em várias roupas de couro e brandindo um chicote nas vitrines, convidando os clientes a entrar.

Bobby ficou parado por um momento e sorriu por um momento pensando consigo mesmo o que encontraria lá dentro.

Claro que ele sabia o que esperar encontrar.

Ele se considerava um homem do mundo e uma sex shop desse calibre não seria diferente de nenhuma outra.

Dentro havia mais imagens em tamanho natural e recortes de Jacky colocados entre fileiras de prateleiras cheias de vários brinquedos sexuais e instrumentos de escravidão.

Música suave tocava ao fundo e a loja parecia vazia de clientes e até funcionários, até que ele foi atingido no ombro por trás enquanto admirava os dildos de vidro.

"Posso te ajudar senhor?" a voz pertencia a uma pessoa que parecia ser de ambos os sexos ao mesmo tempo.

Bobby logo percebeu que ele era um homem, mas também muito efeminado e vestido de mulher, talvez travesti, e os seios certamente eram reais o suficiente, dando-lhe a impressão de que a pessoa poderia ser transexual.

"Sim, você poderia me ajudar. Eu estava apenas procurando agora, mas estou procurando informações sobre o proprietário."

Jacky? E que informação ela poderia estar procurando? A pessoa perguntou com um sorriso e mostrando suas longas pálpebras prateadas.

"Ela já visitou o estabelecimento a qualquer momento?" Bobby tirou um vibrador da prateleira, um pênis comprido de borracha preta com pelo menos quatro centímetros de comprimento. "Diga-me, alguém realmente compra essas coisas?"

"Sim para a primeira pergunta e sim novamente para a segunda pergunta."

"Com que frequência?"

"Isso seria uma extensão da sua primeira ou segunda pergunta, senhor?"

"Primeiro."

O funcionário percorreu a ilha entre as prateleiras e Bobby a seguiu.

Ele parou diante de uma foto de Jacky vestida com uma roupa de gato vermelha de couro, o cabelo loiro amarrado de uma maneira que parecia uma fonte dourada em cascata subindo do topo da cabeça e os lábios pintados de vermelho escuro com um olho fechado em uma piscadela travessa.

"Com licença! É este o dono, aquele que posa em todas as fotos expostas?"

O assistente virou-se para responder.

"Claro. Somente o proprietário aparece em todos os nossos anúncios aqui."

"Ela é uma senhora muito bonita. Ela parece muito dominadora em todas essas poses que eu vejo. Ela é como eles a chamam ... domi ...?"

"Uma dominadora, sim."

"Essa é a palavra que eu estava procurando, obrigado."

"Posso fazer uma pergunta agora?" perguntou o assistente.

"Claro. Contanto que eu possa responder."

"Você é policial?"

"Na verdade, sim, estou. Mas não se preocupe; não estou no vice-esquadrão ou algo assim. Estou apenas seguindo algumas linhas de investigação sobre um incidente em particular que aconteceu alguns dias atrás."

"E o proprietário está envolvido nesse incidente?"

"Ainda não tenho certeza. Além disso, não posso revelar muita informação, como você entenderá."

O atendente continuou andando até o balcão da loja e Bobby seguiu, espantado com os itens de venda ao seu redor.

"Tente aqui ..." O assistente entregou-lhe um cartão de visita.

"Não! Eu sei onde ela mora. Eu só precisava saber se ela vem aqui de vez em quando e com que frequência. E posso perguntar o que há naquela sala dos fundos?"

"É apenas uma sala de estoque e uma masmorra." O assistente respondeu. "Ela a visita quando necessário."

"Você disse uma masmorra. Que tipo de masmorra?"

"Senhor, eu não posso acreditar como você é ingênuo. Você está tentando se fazer de bobo?"

"Não, só estou curioso, só isso." Bobby respondeu com um sorriso.

* * *

Carl foi chamado de seu escritório para a recepção da sede da polícia.

O funcionário da recepção explicou que um homem acabara de denunciar uma mulher desaparecida com o nome de Bridget Baldwin.

Carl olhou por cima do ombro do policial e viu Leonardo esperando no balcão.

Ele parecia rude e precisava se barbear depois de muitas horas em cativeiro e Carl foi falar com ele.

"Com licença, senhor, você denunciou uma mulher desaparecida?"

"Sim, meu nome é Leonardo Biscas, estou muito preocupado com minha amiga Bridget Baldwin. Ela deve me ajudar."

"Bem, senhor, na verdade, estamos procurando por você."

"Isso não é importante. Você já a encontrou?"

"Sim, nós temos. Você está segura e até onde sabemos. Mas uma tentativa de investigação de assassinato está em andamento. Você quer ir comigo ao meu escritório? Tenho algumas perguntas a fazer, por favor." .

"Não! Não tenho tempo para isso, preciso saber onde ela está."

"Bem, senhor ... não posso lhe dizer isso agora, até responder algumas perguntas."

Bobby Harris entrou na estação e notou que seu assistente estava conversando com Leonardo.

"Ok, Carl, eu posso lidar com o Sr. Biscas."

Leonardo foi ao inspetor e pediu que ele soubesse onde estava Bridget.

Bobby o afastou do alcance da voz.

"Eu sei que vocês jogam alguns jogos realmente estranhos." Bobby começou. "Uma supermodelo famosa acaba sendo jogada em um beco e uma empresária tem hábitos muito estranhos. E ainda por cima, recebemos mensagens de pessoas incomuns nos dizendo que você e outro cara estão em perigo e que alguém está tentando matá-lo, os dois.
"

"Eu entendo isso, acredite em mim sim. Mas devo encontrar a senhorita Baldwin imediatamente."

"Ela está segura. Acho que ela está com um certo Sr. Burt Calvin em sua casa no momento."

"Não! Eles a deixaram com Calvin?" Leonardo ficou surpreso ao ouvir isso. "Eles não podem fazer isso. Ela não está segura com Calvin."

"Porque não?"

"Eles devem ir lá imediatamente e tirá-la."

13.

Calvin juntou-se à família no café da manhã e olhou para Bridget do outro lado da mesa.

Ela sabia como ele se sentia, totalmente rejeitado e se odiando.

O resto deles não sabia nada do que tinha acontecido naquela manhã.

Para Bridget, era simples.

Ela não o amava, como ele queria e esperava, e explicou isso a ele.

O celular de Calvin tocou, o que chamou sua atenção se desculpando e indo para a cozinha para atender a ligação.

Era Jacky, ela parecia angustiada e chorosa.

"O que aconteceu?" Eu pergunto.

"Eu o deixei ir", foi sua resposta que deixou Calvin subitamente surpreso e irritado.

Ele olhou de volta para a sala de jantar para Bridget, que estava conversando com sua esposa.

"Eu precisava. Isso não funciona, Burt."

"Escute, eu confiei em você para fazer isso. Ele irá à polícia."

"Eu não me importo mais, Burt, agora depende de você."

Jacky desligou e Calvin sentiu seu mundo se desintegrar ao seu redor.

Seus planos não significavam mais nada.

Ele conteve sua raiva e se acalmou antes de entrar na sala de jantar e conhecer todos.

"Burt, está tudo bem?" sua esposa perguntou.

"Sim querida, não há problema. Era alguém do escritório."

"Estou pronto para ir em breve." Bridget o informou.

"Claro, eu vou te levar para o seu apartamento se estiver tudo bem com você"

"Obrigado. Seria muito gentil da sua parte", respondeu Bridget.

Calvin sorriu e continuou comendo como se nada tivesse acontecido.

* * *

Calvin colocou a mala rosa no porta-malas do carro e esperou Bridget sair de casa.

Ele aproveitou a oportunidade para ligar de volta para Jacky enquanto esperava.

Ela respondeu quase imediatamente.

"O que você disse a Leonardo? Eu preciso saber?" Calvin exigiu.

"Eu contei tudo a ele."

"Você fez o que? Seu idiota! Tudo o que você tinha a fazer era mantê-lo até que o acordo fosse feito. Agora você nos deixou na merda." Ele notou que Bridget estava saindo de casa e caminhando em direção ao carro. "Eu vou lidar com você assim que eu resolver isso!" E desligou.

"Você parece irritante, Burt. Tem certeza de que está tudo bem?" Bridget perguntou.

Agora as coisas ficaram mil vezes piores do que ele havia percebido antes.

Ele abriu a porta do carro para Bridget e a deixou entrar ao lado dele antes de correr para a dela.

Ela poderia dizer que ele estava chateado com alguma coisa.

"Cale-se!" ele perdeu a cabeça.

"Você ainda está chateado com esta manhã? Burt, você tem que aceitar."

"Eu disse para você calar a boca, não disse?"

"Pare o carro! Eu não quero sua ajuda."

Bridget podia sentir sua raiva agora.

Este não era um aspecto dele com o qual ela estava familiarizada e achava que era melhor deixar o relacionamento deles, ou o que restava dele, ter um final completo de vez em quando.

Mas Calvin a ignorou, dirigindo como um louco, entrando no fluxo de tráfego principal na estrada e quase colidindo com outros veículos.

"Você teve uma chance, Bridget. Eu te dei uma chance!"

"Burt, do que você está falando?" Ela implorou com ele.

"Agora acabou. Acabou! Você entende?"

"Não! Estou confusa. Você não tem que ser assim porque eu não te amo."

"Se você me amasse, as coisas poderiam ser diferentes."

"Diferente? O que você está tentando dizer Burt?"

"O acordo. Você poderia ter feito parte dele."

"De que acordo você está falando?"

Calvin explicou tudo o que planejara com Jacky desde o início.

O plano que parecia a idéia de uma mulher enlouquecida era mais do que isso.

Foi ideia dele.

Ele queria o amor de Bridget e Leonardo morto para que ele pudesse assumir os negócios deles.

Um jogo simples de eliminação para assumir o controle de uma empresa de publicidade multimilionária de que Calvin precisava desesperadamente.

"Então tudo o que você me disse era mentira?" Bridget perguntou.

"Não. Eu apenas não te disse onde tudo se encaixava."

"Então, o que você planeja fazer agora?"

"Você o verá em breve", ele disse, seu rosto agora apresentando uma expressão maligna que ele nunca poderia imaginar de Calvin. "Eu terminei. E você também."

Bridget foi subitamente tomada pelo medo.

Sua confusão agora se transformou em terror quando ela pensou desesperadamente sobre como sair de sua situação.

Não havia saída fisicamente falando.

Calvin ainda estava dirigindo como um maníaco, ultrapassando veículos a caminho a velocidades acima do limite.

"Aonde vamos?" ela perguntou.

"Para um lugar onde eu sei que estou seguro por enquanto."

"Burt, isso não é sensato. Por favor, pense sobre isso."

"Eu tenho. Pretendo me divertir um pouco com você. Já estou com problemas. E se você não me ama, bem ..."

"Do que?"

"Você verá."

* * *

Leonardo estava sentado na sala de entrevistas da sede da polícia.

Harris tentou arrumar as coisas, tentando entender por que Bridget estaria em perigo enquanto estivesse sob a proteção de Burt Calvin.

Leonardo explicou tudo o que sabia sobre seus negócios e o acordo que havia feito com Calvin anos antes.

Um acordo que permitiria que Calvin tivesse controle total de sua empresa, caso ele se demitisse como presidente do conselho.

"Você está dizendo que Calvin é dono de parte de seus negócios?" Harris perguntou.

"Sim. Ele se tornou um parceiro por algum tempo." Leonardo respondeu.

"E Jacky disse que isso era um plano para se livrar de você?"

- Sim, inspetor, quantas vezes tenho que lhe explicar isso? E agora Miss Baldwin está em perigo. Se Calvin descobrir, ele fará algo louco com ela, então você deve tentar detê-lo.

Harris recostou-se na cadeira e pegou outro cigarro.

Talvez se ele pudesse fumar um, pudesse pelo menos pensar claramente sobre esse fracasso que se desenrolava diante dele.

Ele enfiou a mão no bolso do paletó, pegou um maço de cigarros e acendeu um enquanto Leonardo o observava.

"Pelo amor de Deus, inspetor, você está ouvindo alguma coisa que eu digo?"

Harris sorriu, mas ao mesmo tempo percebeu o desespero de Leonardo e saiu da sala para encontrar seu assistente Carl, que estava ocupado pressionando o teclado do computador, procurando informações.

Harris deu um passo atrás dele e olhou para a tela que mostrava uma imagem de Thomas em uma foto de perfil da polícia.

"Quem é esse?" Eu pergunto.

"Isso, chefe, é o misterioso" Poderoso ". O cara que nos enviou os e-mails." Carl fez uma pausa por um momento, cheirando o cheiro pungente de fumaça de tabaco, depois rapidamente se virou na cadeira. "Ai! Eu peguei ele!"

"Olha, é o meu primeiro hoje, eu sou honesto. Então me fale sobre esse cara. Poderoso?"

"Ele está na década de trinta." Carl respondeu voltando ao computador. "Seis anos por fraude".

"Como é isso?" Harris perguntou.

"Ele trabalhou para uma companhia de circo e evitou pagar impostos por dez anos".

"Ok, então ele é o cara que Leonardo disse que trabalha para Jacky como assistente?"

"Sim, mas isso não é tudo, chefe. Ele também foi acusado de abuso sexual enquanto estava no circo por agredir um trapezista."

"É assim mesmo?"

"Sim. Ele gosta de damas altas." Carl respondeu.

* * *

Calvin virou o carro por uma estrada de terra que os levou a uma fazenda abandonada.

Apertei o freio do carro ao máximo, mas não pude deixar de colidir com um trator quebrado com força total.

Bridget abriu a porta e começou a fugir, mas Calvin era mais rápido que ela.

Correndo o mais forte que pôde, mesmo estando em desvantagem, Calvin agarrou o braço dela e a jogou no chão.

14.

Bridget sentiu Calvin respirar pesadamente em seu pescoço enquanto estava deitado em cima dela, pressionando o rosto no chão lamacento.

A queda a deixou sem fôlego quando ele a derrubou.

"Hora de se divertir agora, Bridget. Ambos, querida, só você e eu."

"Deixe-me ir, Burt. Este não é você. Pense no que você está fazendo", ela implorou, sabendo que havia uma oportunidade de atraí-lo para o lado amigável que ele conhecia.

"Eu tenho. Está tudo acabado para mim. Não tenho nada para viver agora, mas para passar o máximo de tempo possível com você. E eu vou aproveitar ao máximo."

Ele a levantou, segurando as duas mãos atrás das costas.

Um chute no lugar certo lhe daria pelo menos uma chance de escapar dele novamente.

Mas Bridget decidiu não fazer isso.

Ela estava agradecida por estar ao menos de pé, para dar uma olhada melhor nos arredores, talvez primeiro planejar uma rota de fuga, um lugar para se esconder dele.

"Olhe para você. Você está uma bagunça, você tem lama em todas as suas roupas", disse ele, quase sussurrando em seu ouvido. "Vamos ver o que podemos fazer sobre isso. Terá que ser removido para limpá-lo."

Ele a acompanhou até o celeiro abandonado.

Bridget examinou os arredores cuidadosamente enquanto avançavam.

O carro, as árvores que ladeavam o quintal e a estrada que os levava até lá.

"O que você vai fazer, Burt?" ela perguntou. "Foda-me até que não haja vida em mim?"

"Você poderia dizer algo assim, sim."

Ela soube naquele momento que ele enlouqueceu.

Sua personalidade mudou porque não havia mais saída para ele.

Ele era um homem que não podia desistir de perder tudo o que tinha e optou por destruir tudo, incluindo ela, alguém que amava.

O celeiro estava escuro, exceto pelos raios de luz que penetravam através dos buracos no teto.

Havia palha no chão e fardos frescos no andar de cima.

O cheiro de palha podre atingiu suas narinas quando ele pegou uma pequena corda para amarrar os pulsos.

Então ele a empurrou para dentro de um fardo macio e aberto e começou a amarrar seus tornozelos.

O plano de fuga mudara agora.

Mas ela não resistiu a ele.

"Ninguém sabe sobre esse lugar. Agora é todo meu e seu. Há muitas milhas daqui para qualquer lugar habitado", disse ele.

Ele tirou o celular do bolso do paletó e jogou-o no celeiro, quebrando-o em pedaços contra uma viga de madeira.

"Eu não acho que você vai precisar mais."

Outra chance de escapar e até de resgate se foi.

Ela o observou quando ele abriu a blusa rosa, expondo os seios cobertos por sutiã.

Sua mão agarrou gentilmente um dos seios dela e a apertou quando ele olhou nos olhos dela.

Por um breve momento, ela o observou parecer calmo até um sorriso maligno crescer em seu rosto.

Um puxão na roupa e ela estalou em sua mão forte, quebrando-a.

A tensão agarrou seus ombros e doeu, fazendo-a tremer de dor.

O medo que agora a enchia completamente a fazia perder o controle de suas funções corporais e ela se irritava.

Ela começou a chorar e tremer.

"Não faça isso, Burt, por favor, não continue com isso."

"Você não gosta? Eu pensei que era nisso que Leonardo estava envolvido?" ele disse, cuspindo suas palavras no rosto. "Você gosta de Leonardo, não é?"

"Está certo, sim ... eu quase esqueci", continuou ele. "Você deixou ele tirar sua virgindade, não foi?" A mão dele desceu e subiu pela saia dela, tocando suas coxas quando a encontrou na virilha. "Sim ... você deu a ela algo que eu sempre quis. Algo que pensei que você estava economizando apenas para mim."

"Burt ... não faça isso."

"Por que eu deveria parar?"

O dedo dele pressionou dolorosamente contra o sexo dela, pressionando contra a seda da calcinha dela.

Bridget continuou a chorar como se seu mundo tivesse acabado e só restasse uma sensação de desespero.

Calvin deu um tapa forte no rosto dela.

Ela parou em choque e olhou para ele.

"Você é apenas uma vadia!"

Ela puxou a calcinha até os joelhos, depois puxou um canivete suíço da jaqueta e cortou os dois lados do elástico, jogando-os sobre os seios.

Bridget ficou em choque total e o observou em silêncio enquanto ela pendurava a saia e começou a beijar o umbigo dele, depois começou a puxar a alça da liga entre os dentes.

"Burt, não me machuque. Eu farei o que você quiser", disse ela. "Podemos fugir juntos, em algum lugar distante, para que ninguém possa nos encontrar."

"Do que?" Ele levantou a cabeça para olhá-la. "Não há para onde ir, garota estúpida. Você acha que eu vou me apaixonar por esse truque? Você fará o que eu quiser, é verdade. Mas ir junto não é uma dessas coisas."

"E que...?"

"Você saberá muito em breve. Desde que eu te amo agora e nada mais importa."

"Eu preciso me limpar. Eu não estou na minha melhor aparência para você agora."

"Claro, querida, me desculpe. Me perdoe por ser tão impaciente."

Calvin levantou-se e olhou para ela.

As roupas lamacentas e salpicadas que ela usava a lembraram de sua promessa e agora ela estava suja, precisando cuidar de sua limpeza feminina, para fazê-lo se sentir melhor e talvez mais sexual com ele.

Mas Bridget havia recuperado o suficiente de seu espírito para pensar novamente em enganá-lo, e planejando uma fuga dele usando suas fraquezas.

"Eu preciso que você me desamarre", ele disse.

"Não! Eu mesma lavarei você." Respondidas.

"Burt, por favor, estou te implorando. Deixe-me cuidar de mim mesma. Prometo que não vou fugir ... garanto."

"Não, eu não posso confiar em você, baby, me desculpe. Vou pegar um balde de água e um pano."

"Eu preciso de sabão. Há algo na minha mala."

Ele disse para ela ficar quieta e não sair de onde ela estava antes de deixar o estábulo.

Bridget esperou alguns minutos, depois se ajoelhou e finalmente se sentou.

Ela podia vê-lo atravessando o quintal através de um buraco na parede enquanto ele se dirigia para o carro, então ela pulou mais perto da parede para ficar de olho nele.

Ele notou a viga de madeira que atravessava a porta para fechá-la por dentro.

Estava na vertical e articulada.

Um empurrão e cairia de seu lugar.

A porta estaria trancada, pelo menos, e ela não conseguiria entrar novamente.

Então, novamente, ele pulou para lá com os pulsos amarrados atrás das costas na viga para tirá-la.

Ele começou a se mover devagar e, felizmente, entrou no lugar, fechando a porta do celeiro.

Calvin abriu a mala e ouviu o barulho vindo do celeiro.

Ele correu rapidamente para as portas e empurrou contra elas.

"Puta! O que você fez?"

As portas estavam trancadas e ele tentou usar os ombros para forçá-la a abrir.

Depois de algumas vezes, ele parou e percebeu que seus esforços eram inúteis.

"Bridget ... me escute, querida. Isso não é bom. Abra as portas. Por favor, abra as portas para mim."

Bridget encostou-se na parede e ouviu seus pedidos.

Agora era quando ele precisava de seu telefone celular, mas estava em pedaços espalhados pelo chão.

Algo que ele havia esquecido brevemente em sua pressa e desesperadamente começou a chorar, deslizando lentamente pela parede até o chão.

15.

Harris voltou para a sala de entrevistas e colocou uma xícara de café quente na mesa para Leonardo.

Ele olhou para o inspetor com olhos escuros.

"Bem, ele verificou se ela estava com ele?"

"Minha assistente está fazendo isso agora. Mas, antes de tudo, tenho mais algumas perguntas para você, não se importa?" Harris sentou-se à mesa e abriu o caderno. "Veja, as coisas aqui são confusas e tudo o que vejo nisso é uma mistura de pessoas diferentes envolvidas em todos os tipos de coisas, e a questão principal parece ser sexo".

"Sexo?" Leonardo sentou-se em sua cadeira e olhou para Harris desconfiado. "Oque quer dizer?" Ele pegou a xícara de café e provou seu conteúdo, estremecendo com a falta de sabor.

"Eu não gosto de todas essas coisas que o interessam. Mas parece que há muito mistério aqui e é muito difícil para mim juntar isso. Ele diz que Calvin está tentando assumir seus negócios e que a senhorita Baldwin estava pensando na possibilidade de assassinato com ele." Carrington e ... "

"Não, não, esse assassinato foi um mal-entendido em relação à senhorita Baldwin. Esqueça tudo isso."

"Mas a tentativa de assassinato é um crime. E você foi uma das possíveis vítimas. Eu tenho que investigar isso."

"O importante agora é encontrar Bridget. Ela não percebe o quão perigosa é. Eu descobri o que está acontecendo. É uma conspiração me matar para conseguir meu negócio, que foi planejado entre Calvin e Jacky. Tudo falhou em sua primeira tentativa e agora seu segundo plano também está falhando. "

"Segundo plano? Agora você está me confundindo. É melhor você explicar."

"Mas o tempo está acabando! Bridget está em perigo, ela não entende?" Leonardo bateu forte na mesa com a palma da mão e o café derramou da xícara. "Calvin vai matá-la agora, porque ela perdeu tudo o que realmente queria."

"O que você está dizendo é: ele é um suicídio? E ele vai levar outra pessoa com ele?"

"Exatamente. O garoto está chateado, ele é maníaco por controle e está falido. Sem os meus negócios, ele não tem nada e esmagou Jacky há muito tempo, mantendo esses pensamentos vivos em sua cabeça que eu matei Jane. Ele é um manipulador e Thomas me explicou tudo antes de eu sair hoje de manhã. "

"Thomas? Então foi por isso que ele enviou esses e-mails? Ele estava tentando nos dar informações. Mas eu acho que Calvin estava fazendo isso por Miss Baldwin? Ele não deveria amá-la?"

"Sim, ele ama. Ele a ama até a morte."

* * *

Fora do celeiro, tudo estava em silêncio.

Bridget se acalmou e ouviu atentamente, deslizando as pernas pelos braços, para que a corda fosse amarrada em volta dos pulsos na frente, em vez de nas costas.

A corda apertou, mordendo sua pele, mas ela conseguiu.

Ele olhou para o nó e depois tentou usar os dentes para soltá-lo, mas sem sucesso.

"Bridget ...!" A voz de Calvin ecoou através de uma rachadura nas tábuas de madeira na parede. "Por que você fechou a porta, baby? Você sabe que isso é tudo o que temos. Esses últimos momentos delicados juntos. Por que estragá-la? Abra a porta, por favor."

"Isso é loucura, Burt. Você é tão louca! Vá embora e me deixe em paz." Ela tentou localizar de qual das muitas rachaduras estava falando. "Eu não sei por que você faz isso, mas você nunca vai se safar."

"Eu tenho tudo o que você precisa para limpar. Não estrague tudo. Podemos nos divertir muito juntos. Prometo que não vou machucá-lo.

Nunca pretendi machucá-lo e lamento ter sido tão difícil antes. Por favor, abra a porta."

Bridget vasculhou o celeiro, pegando os pedaços do celular quebrado que conseguiu encontrar, mas ele quebrou além do reparo.

Seus pulsos começaram a sangrar quando a corda afundou com força.

Então ela percebeu que ele estava se afastando do estábulo olhando através de uma fenda.

Ele abriu a mala do carro e puxou o que parecia ser um machado.

Seu coração estava batendo ainda mais rápido com o pensamento do que estava por vir.

"Ninguém sabe que estamos aqui querida!" O grito. "Não foi assim que planejei e você está me fazendo usar força desnecessária." Ele caminhou até o estábulo com o machado apoiado no ombro. "Eu não estou feliz, Bridget. Na verdade, estou realmente brava com você agora."

Calvin bateu na porta do celeiro com o machado e jogou lascas de madeira voando para dentro.

Esse golpe produziu uma lacuna grande o suficiente para ele entrar.

Ele olhou para ela, encolhendo os ombros contra a parede.

Ela estava tremendo de medo e balançando a cabeça quando ele se moveu em sua direção.

"Não, Burt, por favor, implore para não me machucar."

Ele agarrou os cabelos macios dela na mão, torceu-os com força e depois a colocou de joelhos.

A dor era demais para ela, além da angústia que ela já sentia, e Bridget passou da consciência para um sonho traumático.

Ele a soltou e seu corpo mole caiu aos pés dele.

"Bridget?"

Ajoelhou-se ao lado dela e sentiu um pulso no pescoço dela.

Ela estava viva e, com algum remorso, ele a abraçou e a abraçou com força.

"Querida, eu sinto muito. Você me deixou louco."

Ele sussurrou perto do ouvido dela.

A mão dele tocou seus seios expostos gentilmente.

"Eu nunca machucaria você, eu nem sei o que estou fazendo. Eu juro."

Lentamente, ele afrouxou a corda ao redor dos pulsos dela, depois puxou-a para trás, colocando-a sobre uma pilha de palha.

Os dedos dela seguiram a linha do rosto dele, e ela abriu os olhos e olhou para ele.

"Por quê?" ela perguntou suavemente.

Ele sorriu para ela em resposta.

"Se eu pudesse, eu fugiria com você e me esconderia dessa bagunça em que estou. Mas você realmente não me ama, não é? Todos esses anos eu te amei e tentei fazer você perceber isso. Você entrou em mim cabeça e eu não posso tirar você de lá. Tudo o que fiz foi estar com você. "

Bridget estava além de ser capaz de raciocinar.

Sua mente estava em choque, tentando desesperadamente entender e entender o que estava acontecendo com ela.

Mas ela ouviu o que ele disse e estendeu a mão e tocou o rosto dele.

"Não posso ser forçado a amar, ninguém pode. Deixe-me ir, Burt. Se você me ama tanto, então deixe-me ir."

Seus olhos se fecharam novamente quando ele voltou a um estado de inconsciência.

Calvin levantou-se e olhou para ela deitada no chão, para o que ele havia feito com ela.

Naquele momento, ele sabia que o que tentava fazer era muito errado e sentia muito.

Não havia sentido em fazer o que ele havia feito e agora a única maneira era assumir a responsabilidade por suas ações.

Ele jogou o machado no chão e deixou o celeiro para o carro.

* * *

Carl voltou para a delegacia e chamou o chefe.

"Ninguém sabe onde ele está ou poderia ter ido. Perguntei à família dele e a única coisa que todos sabem é que ele foi trabalhar hoje de manhã. Sua secretária disse que também não tinha compromissos agendados".

"Bom trabalho. Acho que precisamos falar com Thomas urgentemente." Harris respondeu. "Vá para a casa de Carrington e encontre-o rapidamente. Acho que talvez tenhamos que lidar com um desastre em nossas mãos, se não o fizer. Encontre-o."

* * *

Calvin sentou-se no carro e olhou para o celeiro antes de abrir o porta-luvas.

Ele alcançou e puxou uma arma, verificou se as balas estavam no lugar e a segurou na mão como se a admirasse.

"Eu sabia que você seria útil algum dia." Ele disse a si mesmo.

16.

Bridget abriu os olhos e o que pareceu ser alguns segundos de inconsciência a levou a um lugar de total escuridão.

Já era noite e o ar frio a fez tremer enquanto estava deitada cercada pela palha úmida.

A última coisa que viu foi Calvin olhando para ela, o som de sua voz pedindo perdão, e agora tudo ao seu redor estava silencioso.

Ao longe, o som de um helicóptero em vôo rompeu esse silêncio e ela se levantou lentamente, segurando as roupas rasgadas ao seu redor para obter calor e conforto e proteger sua nudez.

Agora tudo o que tinha acontecido naquele dia retornou para ela e o calafrio que a atravessou se transformou em um sentimento de medo mais uma vez.

Ele estava escondido, esperando pular nela da escuridão do celeiro? Onde estava?

Sua cabeça estava cheia de perguntas e o som do helicóptero ficou mais alto lá fora.

Um raio de luz iluminou a parte externa do local e depois varreu o celeiro.

Bridget abriu a porta e cambaleou em direção ao dirigível.

O helicóptero procurou até atingir o raio.

O brilho de sua luz a fez proteger os olhos dele e as roupas rasgadas se abriram com o ar produzido pelas hélices, expondo-a ao olhar óbvio do piloto e de seu parceiro.

"Charlie sete e nove, acho que encontramos um deles." O companheiro relatou através de seu rádio. "É a mulher, mas não há sinal do outro alvo."

"Ok, diga a ela para ficar onde está." O piloto foi informado.

"É a polícia! Não se assuste e não se mexa!" a voz do companheiro ecoou através de um alto-falante acima do som dos motores do helicóptero.

Bridget congelou, observando-os, protegendo os olhos da única fonte de luz disponível.

"Um oficial uniformizado chegará com você o mais rápido possível."

E assim que o companheiro disse isso, a sirene crescente de um carro de patrulha começou a ser ouvida à distância.

E o lugar ganhou vida, uma patrulha após a outra começou a aparecer do nada.

* * *

Bridget estava enrolada em um cobertor, ainda recuperando os sentidos e auxiliada por um oficial na traseira de um dos carros.

"Ok, senhorita Baldwin, você está seguro agora."

A voz suave e calma falou com ele em meio a uma confusão de outras vozes de rádio e de outros oficiais conversando em cena.

"Você está machucado? Você sente alguma dor?"

Bridget balançou a cabeça em resposta e segurou o cobertor mais forte ao seu redor.

"Onde está Burt?" ela perguntou, quase sussurrando.

Ele não recebeu resposta até ouvir as palavras de outro oficial de comunicação:

"Nós o encontramos. Ele está no carro, morto. Ele parece um suicídio. Ele tem uma arma na mão."

Bridget olhou para ele.

Seus olhos olhavam inexpressivos quando as palavras entraram em sua mente.

"Ele está morto".

Ele continuou repetindo as palavras em sua mente repetidas vezes até começar a entendê-las, assumindo um significado mais forte a cada respiração que respirava até gritar:

"Nããão!"

* * *

A música suave e suave de Beethoven tocava ao fundo.

Bridget estava de olhos fechados e sorriu, evocando seus pensamentos em direção a uma sala de concertos e vendo o pai liderar a orquestra, tudo se tornando realidade em sua mente.

Ela sorriu, sentindo-se contente e feliz.

A sensação de um beijo caloroso seguido pelo raspar suave de uma língua sobre o mamilo enviou sensações agradáveis por sua espinha.

O sorriso dela aumentou quando ela arqueou em beijos mais profundos lá.

A sensação de frio seguida por beijos e carícias mais quentes, mordidas suaves que fizeram suas mãos estenderem a mão e tocarem a pele macia nas pontas dos dedos.

Passando os dedos sobre os ombros dele, e explorando-o ainda mais, ela sentiu o cheiro dele e sentiu a suavidade de seus cabelos quando ele se moveu, seu corpo quente e reconfortante perto do dela.

Seus olhos se arregalaram para encontrar seus olhos castanhos escuros olhando para ela.

Então seus lábios se separaram e o beijo ficou mais apaixonado a cada segundo que passava.

Bridget estava segura e tudo o que havia acontecido agora era coisa do passado.

O que começou no restaurante algumas noites atrás, quando eles se conheceram, poderia continuar como planejado, sem que o destino pudesse proibi-lo ainda mais.

Ela se apaixonou por ele há muito tempo, à distância, e o amor dele por ela começou enquanto eles comiam e conversavam pela primeira vez na mesa do restaurante.

Seus lábios se separaram.

"Você é a criatura mais bonita que eu já vi. Ninguém pode compará-lo com os que eu já amei antes."

"Nem mesmo Jane ou Jacky?" Bridget perguntou ironicamente.

"Bem, talvez ..."

Ela colocou um dedo nos lábios para silenciá-lo.

"Cuidado com o que diz, Leonardo. Gosto do que acabei de ouvir e não quero ouvir mais nada."

"Então, sim, eu quis dizer o que disse."

"Tem certeza?"

"Absolutamente."

"Então faça amor comigo como nunca fizemos antes."

"Isso é uma ordem, senhora?"

"Ah! Não é uma ordem, Leonardo. Nunca mais ordens ou ordens secretas, lembre-se de que eu não sou assim."

"Então eu vou fazer amor com você porque eu quero." Ela respondeu com um sorriso que a fez formigar, um sorriso que a encheu de prazer, um sorriso que ela amava porque pertencia ao homem que ela tanto amava.

A música continuou tocando e uma brisa suave soprou através da janela aberta que dava para o crepúsculo da noite em Florença.

Leonardo a convidou para sua casa.

Isso deu a eles a chance de reparar seu relacionamento e tentar esquecer os eventos recentes que ocorreram em suas vidas.

Eles passaram três longas semanas juntos.

E naquela época, Bridget se apaixonou não apenas por Leonardo, mas também por seu país natal.

Em todas as oportunidades, eles fizeram amor e conversaram sobre uma nova faceta na carreira de Bridget para continuar como atriz na publicidade.

Mas ainda havia coisas que ela precisava fazer e uma pessoa que precisava ver enquanto estava lá para se livrar de um demônio que a assombrava desde a morte prematura do pai.

***

Ángel morava sozinho em seu vasto apartamento, um apartamento que Leonardo havia compartilhado com ele.

Ela convidara os dois para jantar e, quando chegou, quando Bridget abraçou Angel novamente depois de um longo ódio por ele, ela se sentiu estranha.

Ele parecia mais velho, seus cabelos pareciam muito mais grisalhos do que antes, e também era óbvio que ele estava sofrendo de alguma doença da qual não fora informado.

Os três se sentaram ao redor de uma mesa, compartilhando sua comida.

Michelangelo parecia conversar com Leonardo mais do que com Angel, mas isso era de se esperar.

E ela ouviu a conversa deles, o que podia quando falavam em inglês e não em italiano, concentrada, sobretudo, nos momentos em que os dois haviam passado juntos tantos anos como amigos.

Bridget tomou um gole do doce vinho tinto da taça, enquanto Leonardo a perguntava.

"Quando você descobriu sua doença?"

Bridget esperou que Angel respondesse.

Mas não veio tão rápido quanto ela esperava.

Angel estendeu a mão e colocou a mão sobre a dela, apertando-a com força, mas gentilmente.

"Se eles me acusarem de forçar seu pai a acabar com a vida dele, então Deus terá lhe concedido um desejo." começou a explicar. Bridget olhou para ele com um leve desespero em sua expressão. "Mas vou deixar essa vida mortal mais cedo do que o esperado."

"Não..."

"Silêncio ... não importa, minha querida. Já fiz muitas coisas más com outras pessoas no passado. O que fiz com seu pai foi cruel, ameaçando destruir sua carreira como um grande condutor. Você tem todo o direito de ter Eu nunca imaginei que ele pegaria a saída que ele tomou para evitar a humilhação como deveria. Eu deveria ter pensado mais sobre isso e talvez ele estivesse certo quando me disse que eu havia mudado minha composição o suficiente para reivindicar, pelo menos parte dela, como sua próprio trabalho ".

Com isso, Bridget abraçou Angel e o abraçou.

O homem que ela tanto queria morrer por vingança iria morrer de qualquer maneira e suas palavras foram pelo menos as que ela queria ouvir por muitos anos.

"Eu deveria ter lhe contado o que acabei de dizer há muitos anos. Eu fiz você viver com ódio, e o ódio nem sempre desaparece com o tempo, e pode crescer muito por dentro, também, como aconteceu dentro de você, querida."

"Eu te perdoo", disse ela, gentilmente se separando dele e permitindo que lágrimas caíssem de seus olhos. "Eu o amava muito. Ele era tudo para mim."

"Sim, eu percebo isso. Quando você machuca tanto alguém, também machuca aqueles que a amam. Saber que você vai morrer faz você refletir sobre o que conseguiu e também falhou na vida. E eu não entendi seu pai. Eu nem sequer lhe dei a chance de se explicar. "

* * *

Mais tarde naquela noite, Bridget e Leonardo passearam pelas ruas movimentadas de Florença, absorvendo a atmosfera de sua história e carisma moderno.

Eles estavam de mãos dadas e andando em silêncio enquanto refletiam sobre Angel e o que ele tinha que enfrentar muito em breve.

"Você se sente mais calmo agora que finalmente falou com ele?" Perguntou Leonardo.

"Sim. E também me sinto mal pelo que tentei fazer."

"Então está tudo resolvido. Ele retirou as acusações de tentativa de assassinato e agora você o perdoou. Acho que isso o faz se sentir muito melhor do que vimos hoje à noite."

"E você, Leonardo? Você planeja soltar as acusações contra Jacky também?"

Ele sorriu para ela, beijou a mão dela e disse:

"Bridget, há algo que você deveria saber. Uma conversa com o inspetor Harris que eu tive recentemente." Bridget olhou profundamente em seus olhos, o rastro de lágrimas ainda presente nos dela. "Se as acusações tivessem sido feitas em tudo isso, teria sido muito difícil provar. Você e eu despejamos as evidências naquela manhã no rio. E você não foi forçado a escrever uma confissão."

"E a confissão de Jacky?"

"Sua confissão não vale nada agora", respondeu ele. Completamente inútil.

"Como é isso?"

"Porque, com o que eu disse à polícia, eu a fiz enlouquecer. Sua confissão é apenas um produto de sua imaginação selvagem. Acabou. E ela não foi presa por tudo isso, pelo menos ainda não." "

"Você não acha que isso é perigoso?"

"Não, de jeito nenhum. Convém a nós dois agora ser declarados mentalmente instáveis. Pelo menos ela não tentará jogar conosco novamente. E há mais do que isso."

"Algo mais?"

"Sim. Eu consegui mais dois acordos para o meu crescente império. Calvin e ela. Então os caçadores se tornaram a presa no final."

Bridget soltou seu abraço e olhou para ele severamente.

Ele deu de ombros e perguntou a ela.

"Do que?"

FIM

143

www.ingramcontent.com/pod-product-compliance
Lightning Source LLC
Chambersburg PA
CBHW051209160726

47994CB00002B/526